So oder so, - oder anders?

Die Geschichte
einer außergewöhnlichen Liebe

Roman

Herstellung und Verlag:
BoD – Books on Demand, Norderstedt
ISBN: 9783757829964

Die Hände in die Hüften gestemmt stand er vor der Kawasaki, die ihm jemand zum Durchhecken gebracht hatte. Vielleicht konnte er später noch damit anfangen, dachte er, jetzt wollte er zuerst einmal Mittag machen.

Es ärgerte ihn ein bisschen, als in diesem Augenblick ein knatterndes Moped in den Hof gefahren kam. Obwohl er am Geräusch erkannte, dass mit dem Fahrzeug etwas nicht in Ordnung war, hätte er sich gewünscht, dass es erst nach der Mittagspause gekommen wäre. Er verließ die Werkstatt und schloss die Tür hinter sich ab.

„Kannst du später noch mal wiederkommen? Oder morgen früh?" fragte er, ohne hinzusehen, wer vor ihm stand. Als keine Antwort kam, schaute er sich um und stellte verwundert fest, dass es ein Mädchen auf ihrem Moped war.

„Bist du der Josef Aichinger?", wurde er gefragt, „der Joe?"

Er kniff die Augen zusammen. „Wer will denn

das wissen?“

„Meinen Namen sag ich dir nicht, er gefällt mir nämlich nicht. Aber du kannst mich Leonie nennen, wenn du willst.“

„Also gut, Leonie. Was ist denn mit deinem Moped?“

Sie hob die Schultern. „Das hört sich irgendwie seltsam an, da stimmt was nicht.“

Er mußte lächeln. Sie hatte recht, aber es war ungewöhnlich, dass ein Mädchen so etwas hörte. Auch ihr Aufzug war ungewöhnlich, denn sie trug eine Latzhose aus blauem Denim, die an einigen Stellen, - wie auch ihre Hände, - schmutzig und ölverschmiert war, als hätte sie selbst schon versucht, den Schaden zu beheben.

„Du kannst es dalassen, ich sehe es mir nach der Mittagspause an.“

„Ich wäre gern dabei. Geht das?“

„Von mir aus? Wenn du solange warten willst?“

„Wie lange machst du denn Mittag?

Er überlegte, dann schüttelt er den Kopf und winkte ab. „Na gut! Dann komm halt mit, ich spendier dir ‘ne Cola.“

Sie strahlte. „Danke, das ist nett von dir“, sagte sie, und dann folgte sie ihm ein Stück die

Straße hinunter bis zum *Gasthaus Zur Sonne*, wo er für mittags ein Essen abonniert hatte.

Während er seine Mahlzeit einnahm, plapperte sie munter drauf los, und er erfuhr, dass sie später im Beruf auch einmal mit Motoren zu tun haben wollte, dass ihr Vater aber ganz andere Pläne mit ihr hatte.

„Und deine Mutter? Mütter halten doch meistens zu ihren Töchtern, oder nicht?"

„Ich muß ich mich schon seit Jahren allein gegen meinen Vater durchsetzen, weil meine Mutter gestorben ist, als ich noch klein war."

„Das tut mir leid."

Sie nickte. „Ja, das ist traurig, sie fehlt mir sehr. Aber wenn er wieder heiraten würde, wüßte ich ja auch nicht, was mich erwartet."

Nach dem Essen trottete sie an seiner Seite wieder zur Werkstatt zurück.

„Dann wollen wir mal sehen, was ihm fehlt", sagte Joe Aichinger und fing an, an dem Moped herumzuschrauben, während ihm das Mädchen Leonie interessiert zusah.

„Was glaubst *du* denn, was es sein könnte?" fragte er sie.

Sie hob wieder die Schultern. „Das hört sich so an, als ob was aneinander reibt."

„Ja, das denke ich auch." Er nahm den

Motordeckel herunter und sah, dass sich die Zahnräder von Öl- und Wasserpumpe gegenseitig im Weg waren und manchmal aneinander rieben, und dass sich dadurch einer der Bolzen immer wieder von selbst löste.

„Das haben wir gleich", meinte er, „ein neuer Bolzen, und alles ist wieder in Ordnung."

Sie zog ein langes Gesicht. „Darauf hätte ich aber auch selbst kommen können ", meinte sie.

Er lachte. „Naja, schließlich bin ich ja auch noch da."

Damals ahnten sie noch nicht, dass mit diesem Tag eine lange enge Freundschaft begann.

1.

So, dachte Ela und lehnte sich zufrieden zurück, die Bilanz für ihre Lieblingsmandantin war abgeschlossen. Der Drucker lief, vielleicht konnte sie am Abend noch kurz bei ihr vorbeifahren und die Unterlagen mit ihr besprechen.

Ela freute sich schon drauf, denn nichts war schöner, als mit Marleen in ihrem kleinen Kabuff bei Kaffee und Zimtröllchen zusammenzusitzen und das Neueste vom Neuen zu besprechen. Der Kabuff war ein winzig kleiner Raum zwischen ihrem Laden und ihrer Nähstube, und nirgendwo war es so gemütlich wie dort.

Außer, dass Marleen ihre Mandantin war, für die sie schon seit Jahren die Geschäftsunterlagen in Ordnung hielt, war sie auch ihre beste Freundin, - und das auch schon seit Jahren.

Sie wollte gerade nach dem Telefonhörer greifen, um sie anzurufen, als der Apparat anfing zu klingeln, ohne dass sie ihn berührt hatte. Sie zuckte zusammen, doch dann sah sie, dass es jemand vom Haus war, der sie sprechen wollte. Genaugenommen war es nicht nur *jemand*, - es war ihr Chef.

„Ja?", meldete sie sich. Intern mussten sie sich nicht mit dem Namen melden, denn wer die Nr. 5 anrief, der wußte auch, dass es nur Ela sein konnte, die antwortete. Genauso wie auch sie wußte, dass es der Chef war, wenn die Nr. 1 auf dem Display erschien.

„Kommen Sie doch bitte mal in mein Büro, Ela", sagte er, und bevor sie ein „In Ordnung" herausbrachte, hatte er schon wieder aufgelegt.

Einen Augenblick lang horchte sie in sich hinein. Gab es da etwas, von dem sie wußte, dass es nicht ganz in Ordnung gewesen war? Hatte sie versucht, etwas zu verschleiern oder zu verstecken oder herunterzuspielen, was eigentlich aufs Tapet gehörte? - Nein, ihr fiel nichts ein, also stand sie auf und machte sich auf den Weg ins Allerheiligste am Ende des Flures.

Er hatte sich gerade eine neue Zigarre angesteckt und paffte ein paar dicke Wolken in den Raum hinein, als sie eintrat.

„Setzen Sie sich, Ela", sagte er und wies auf

den Sessel vor seinem Schreibtisch. Es war ein schwerer plumper Sessel mit braunem Leder bezogen. Sie mochte ihn nicht, weil es in den meisten Fällen nichts Gutes verhieß, wenn man aufgefordert wurde, darin Platz zu nehmen. Wenn es um allgemeine Daten für einen der Mandanten ging, wurde man an den kleinen Tisch vor dem Fenster gebeten, - das wäre ihr in diesem Augenblick wesentlich lieber gewesen.

Dr. Dr. Mohnhaupt, - er hatte tatsächlich zwei Doktortitel und versuchte auch, bei jeder Gelegenheit darauf hinzuweisen, - der Doktor-Doktor also, oder auch D-D, wie er von seinen Angestellten hinter vorgehaltener Hand genannt wurde, legte Unterschriftsmappe und Füller zur Seite und schaute sie lächelnd an. Zwar war sie auf fast alles vorbereitet gewesen, aber nicht, dass er ihr *diese* Frage stellte: „Was halten Sie eigentlich von meiner Tochter Levina?"

Was sollte sie da sagen? Sollte sie ehrlich sein? Oder sollte sie die Frage nur auf das Geschäftliche bezogen beantworten?

Er bemerkte ihr Zögern. „Sagen Sie einfach gerade heraus, was Sie denken", meinte er.

„Ich kenne ihre Tochter nicht gut genug, um mir ein Urteil über sie zu erlauben", antwortete sie ausweichend, „aber ich weiß, dass sie als Ihre Vertreterin ganz in Ihrem Sinne handelt, dass sie bei den Mandanten hoch angesehen ist, und dass wir, die Angestellten, in ihr die zweite Chefin sehen."

„Ja, ja", sagte er und winkte ab, „das meinte ich nicht. Ich meinte eher..."

„Ja?" Sie wartete ab, sie wollte nichts Falsches sagen.

Er zog noch einmal kräftig an seiner Zigarre, während sie schluckte, um nicht husten zu müssen.

„Wenn Sie nicht wüßten, wer sie ist, wenn Sie sie einfach nur irgendwo treffen würden, welchen Eindruck hätten Sie dann von ihr?"

„Ich würde denken, sie ist ein sehr stiller und ernster Mensch."

Er nickte. „Und was denken Sie darüber, wie sie aussieht? Wie sie sich anzieht und zurechtmacht?"

Ela hob die Schultern. Mein Gott, dachte sie, in was für eine Situation brachte er sie da. „Das ist Geschmackssache", wich sie erneut aus. „Jeder muß sich so zurechtmachen, dass er sich wohlfühlt."

„Aber *Sie* würden sich *nicht* wohlfühlen, so zurechtgemacht wie sie, sehe ich das richtig?"

Sie hob wieder die Schultern. „Ich bin ein ganz anderer Typ."

„Genau!" Er nickte. „Und gerade darüber will ich mit Ihnen reden."

Sie wunderte sich. Passte ihm vielleicht ihr Äußeres nicht? War sie ihm manchmal ein bisschen *zu* ausgeflippt? Hatte es ihn gestört, als sie letzte Woche zum Beispiel ihr Haar für ein paar Tage lang karottenrot gefärbt hatte? - Das wäre ihr insofern unverständlich, da es für ihn doch viel wichtiger sein mußte, dass sie ihre Arbeit gut machte und die Mandanten mit ihr zufrieden waren. Und sie *machte* ihre Arbeit gut.

Er ließ sich Zeit, um fortzufahren, starrte aus dem Fenster in den wolkenlosen Himmel und paffte dabei noch ein paar Wölkchen in den Raum hinein. Dachte er in diesem Augenblick an Levina, seine Tochter? Ela jedenfalls dachte an sie, sah sie vor ihrem geistigen Auge und fragte sich, ob sie heute wohl den cremefarbenen eleganten Hosenanzug trug, oder den überknielangen engen schwarzen Rock mit der Blumenmusterbluse? Oder vielleicht auch etwas ganz anderes, ebenso Langweiliges? Sie hatte sie an diesem Tag noch nicht gesehen, obwohl sie nur ein Zimmer weiter den Flur hätte hinuntergehen müssen, um zu kontrollieren, ob sie mit ihrer Vermutung richtig lag.

„Wie alt sind Sie, Ela?", fragte der Doktor-Doktor plötzlich.

„Ich bin vierundzwanzig", antwortete sie verwundert.

„Sehen Sie, sie ist gerade mal zwei Jahre älter als Sie, aber sie kleidet sich wie..." Er schüttelte den Kopf „...so, wie ich meine Schwiegermutter in Erinnerung habe."

Ela mußte lachen, versuchte aber, es zu verbergen, indem sie sich für einen kurzen Augenblick die Hand vor den Mund hielt. Doch dann merkte sie, dass auch er schmunzelte. Er hatte recht, dachte sie, würde man sie und Levina nebeneinanderstellen, wäre der Unterschied doch ziemlich gravierend.

Sie schaute an sich hinunter. Ihre Jeans mit den ausgefransten Löchern an den Knien hatte wahrscheinlich nicht halb soviel gekostet, wie der cremefarbene Hosenanzug von Levina, und das pinkfarbene T-Shirt mit den glitzernden Pailletten auf der Brust hätte sie um nichts auf der Welt für Levinas Blumenmusterbluse hergeben wollen.

D-D zog noch einmal kräftig an seiner Zigarre und wandte sich dann wieder seiner

Angestellten zu, die abwartend vor seinem Schreibtisch saß. „Ich habe mir gedacht...", meinte er und machte eine kleine Pause, „...ich habe mir also gedacht, dass Levina sich ein bisschen von Ihnen inspirieren lassen sollte. Deshalb habe ich beschlossen, Sie zu ihr ins Büro zu setzen.“

Ela glaubte, sich verhört oder etwas nicht recht verstanden zu haben. „Ich...? Mich...?" stotterte sie.

„Ja." Er nickte. „Ich werde dafür sorgen, dass Ihr Schreibtisch morgen früh in Levinas Büro steht. Keine Angst, ihr Arbeitsbereich bleibt derselbe, es kommen keine neuen Mandanten hinzu und auch keine zusätzlichen Aufgaben. Alles bleibt wie bisher..."

„Aber warum? Warum soll ich dann... Das wird ihr sicher nicht gefallen."

„Das macht nichts, sie wird sich daran gewöhnen müssen."

„Wie wollen Sie ihr gegenüber diesen Schritt begründen? Sie werden ihr sicher nicht sagen wollen, dass sie mich als Vorbild nehmen soll.“

„Mmh!" Er lachte verschmitzt. „Ich werde ihr sagen, dass ich festgestellt habe, dass es in eurem Büro dort drüben viel zu eng zugeht. Sechs Leute in diesem kleinen Raum, das kann so nicht bleiben…"

„Es hat uns nie etwas ausgemacht, dass es ein bisschen eng ist, wir vertragen uns alle sehr gut..."

„Das weiß ich. Ich will Sie damit auch nicht bestrafen, Ela, aber Sie würden mir einen sehr großen Gefallen tun, wenn Sie einverstanden wären. Mir geht es in erster Linie um Levina. Sie ist sechsundzwanzig Jahre alt, aber sie scheint keine Ahnung zu haben, was es bedeutet, jung zu sein."

„Sie wird sich nicht ändern, wenn ich ab morgen in ihrem Zimmer sitze."

Er schmunzelte wieder. „Na, wer weiß? Ich wette, sie wird doch hin und wieder mal einen Blick riskieren, und manches an Ihnen wird ihr vielleicht sogar gefallen. Außerdem könnten Sie sie auch in Gespräche über Mode verwickeln, oder über Dinge, die Sie in ihrer Freizeit gern tun. Vielleicht wird sie mit Ihnen an ihrer Seite doch ein bisschen lockerer."

„Aber warum wollen Sie sie überhaupt ändern? Warum darf sie nicht so bleiben, wie sie ist? Sie ist Ihre rechte Hand, weil sie tüchtig ist und beliebt und sehr angesehen bei den großen Firmen, die sie für das Büro betreut... " Er lächelte ein bisschen hilflos. „Ja, ja, sie ist sehr tüchtig, das ist wahr. Eines Tages wird sie das Büro übernehmen und sicher in meinem Sinne weiterführen. Aber wissen Sie…, manchmal habe ich das Gefühl, dass sie bei einigen der wichtigsten unserer Mandanten nicht so besonders gut ankommt mit ihrer Art. - Gut, Ela, jetzt versuchen wir erst einmal, ob wir etwas verändern können. Wenn es nicht so klappen sollte, wie ich es mir vorstelle, dann sehen wir weiter."

Damit war Ela entlassen, und betreten ging sie an ihren Arbeitsplatz zurück, der ab dem morgigen Tag nicht mehr ihr Arbeitsplatz sein sollte.

Die Blicke ihrer Kollegen waren mitleidig auf sie gerichtet, weil sie überzeugt davon waren, dass sie sich eine Strafpredigt hatte anhören müssen, - worüber auch immer. Dabei empfand sie das, was er ihr angekündigt hatte, als wesentlich schlimmer.

Ihr bevorstehender Umzug in Levinas Büro löste auch bei ihren Kollegen Unverständnis aus, - allerdings verschwieg sie ihnen, was D-D im Einzelnen von ihr erwartete. Es wäre ihr peinlich gewesen, sie wissen zu lassen, dass sie der großen Levina als eine Art Vorbild dienen sollte.

Noch am selben Abend fuhr Ela zu Marleen. Sie hatten sich eine Zeitlang nicht gesehen, und deshalb nahm die Freundin sie stürmisch in die Arme, als sie ihr die Bilanz-Unterlagen überreichte.

„Was würde ich nur ohne dich machen", sagte Marleen lachend, „das Finanzamt müsste eine Sonderschicht einlegen, um durch meinen ganzen Papierkram zu steigen."

„Es war halb so schlimm", meinte Ela. „Erstens weiß ich inzwischen, wie du tickst, zweitens ist es mein Beruf, mich bei einem solches Gewirr durchzubeißen, und drittens…", sie lachte wieder, „um ehrlich zu sein, ich mache es eigentlich nur wegen deiner Zimtröllchen."

„Ha", konterte Marleen, „die gibt's bei Edeka um die Ecke, und du müßtest nicht mal dafür arbeiten."

„Aber ohne das Ambiente drum herum, - eine gute Tasse Kaffee und ein gemütliches Beisammensein mit dir in deinem Kabuff, - da wären sie nur halb so gut."

Sie lachten wieder und nahmen sich noch einmal in die Arme.

„Na, dann komm, ich habe schon alles vorbereitet." Marleen schob sie sanft in das kleine Zimmerchen, in dem sie den Kaffeetisch bereits gedeckt hatte.

Als sie dann zusammensaßen und gegenseitig alle Neuigkeiten ausgetauscht hatten, - Marleen hatte ein paar ziemlich exzentrische Kunden, von denen es immer wieder einmal etwas Aufregendes zu erzählen gab, - erfuhr sie schließlich auch von D-Ds Anordnung, Ela ins Büro seiner Tochter zu setzen.

„Vielleicht ist sie netter, als du denkst", tröstete sie die Freundin. „Bis jetzt hast du ja eigentlich noch kaum etwas mit ihr zu tun gehabt."

„Das stimmt schon, aber wenn man ihr doch mal über den Weg gelaufen ist, hatte man immer das Gefühl gehabt, als fühle sie sich als etwas Besseres. Mehr als ein kurzes ‚Hallo' war nie drin, und ich kann mich nicht erinnern, dass sie jemals gelächelt oder gar gelacht hätte. Und was ihr Äußeres betrifft, da hat ihr Vater schon recht, wenn er meint, mit ihren sechsundzwanzig Jahren sähe sie eher aus wie seine Schwiegermutter. Ihre Kleidung mag ja teuer gewesen sein, aber da ziehe ich mir doch meine günstig erworbenen farbenprächtigen Fummel vor."

Und wieder lachten sie.

Marleen kleidete sich nicht ganz so übertrieben, wie man das bei Ela an manchen Tagen erleben konnte, schließlich war sie eine Geschäftsfrau und mußte schon ein bisschen darauf achten, dass sie, - wenn auch flott und up-to-date, - so doch immer manierlich angezogen war.

„Ich kenne sie gar nicht, deine neue Chefin, hab sie noch nie gesehen, wie sieht sie denn aus? Von ihrer Kleidung hast du ja schon oft erzählt, aber beschreib' doch mal, was für ein Typ Mensch sie eigentlich ist."

Ela hob die Schultern. „Das ist schwer zu sagen. Ich finde, das einzig wirklich Hübsche an ihr sind ihre langen dunklen Haare. Ich wundere mich nur, dass sie sie tatsächlich offen bis auf die Schultern trägt, anstatt sie aufzustecken, als Dutt álà Schwiegermutter. Wenn sie jetzt noch eine etwas hübschere und modernere Brille hätte, anstatt dieser großen mit dem dunkelbraunen Horngestell, die sie um Jahre älter macht, dann könnte sie vielleicht richtig nett aussehen."

„Möglicherweise kannst du sie eines Tages wenigstens *dazu* überreden. Und wer weiß, vielleicht gefallen ihr sogar irgendwann deine karottenroten Strähnen...“

Ela schüttelte den Kopf. „Das kann ich mir beim besten Willen nicht vorstellen.“

Marleen lachte wieder. „Auf jeden Fall wird es spannend, und wir werden sehen, ob sie nicht doch irgendwann mal ein kleines bisschen von ihrem Stil abweicht.“

Ela seufzte. „Bevor das passiert, bin ich ihr längst auf die Nerven gegangen und sie hat alle Hebel in Bewegung gesetzt, um mich wieder loszuwerden. Aber das wäre durchaus in meinem Sinne. Dann muß mich D-D wieder auf meinen alten Platz zu den anderen setzen, und alles hätte wieder seine Richtigkeit.“

Der nächste Morgen verlief ganz anders, als Ela ihn sich vorgestellt hatte. Zwar stand ihr Schreibtisch bereits in Levinas Büro, doch als sie sich der Tür näherte, die nur angelehnt war, hörte sie die junge Frau mit ihrem Vater streiten. Sie war völlig aufgebracht darüber, dass er jemanden zu ihr ins Büro setzen wollte. Sie brauche keinen Aufpasser, schimpfte sie, sie wolle keinen Störenfried, und wenn er seinen Entschluss nicht rückgängig machen wolle, werde sie sich einen neuen Job suchen.

Oh je, dachte Ela, obwohl sie ihr durchaus aus

der Seele sprach.

Wie vorauszusehen war, kam D-D mit dem Argument, dass es im anderen Büro für sechs Leute viel zu eng sei, doch das ließ Levina genauso wenig gelten, wie Ela es am Tag zuvor hatte gelten lassen. Und wie er am Tag zuvor versucht hatte, Ela zu beschwichtigen, so versuchte er dasselbe nun mit seiner Tochter.

„Jetzt warten wir erst mal ab", hörte sie ihn sagen, „vielleicht gefällt es dir ja sogar eines Tages, nicht mehr allein zu sein. Und die Ela ist ein wirklich nettes Mädchen. Du wirst sehen, ihr werdet gut miteinander zurechtkommen."

Ela schluckte, es war ihr peinlich, vor der Tür stehend so viel Lob über sich zu hören, also machte sie sich leicht hüstelnd bemerkbar, bevor sie das Büro betrat, um dann laut und deutlich, und vor allem fröhlich, ein „Guten Morgen" loszuwerden.

Die beiden Zankhähne waren sofort still, D-D verließ ärgerlich das Büro und Levina verschwand hinter ihrem PC und kam den ganzen Morgen nicht mehr hervor.

Es war nicht ganz so schlimm, in Levinas Büro zu sitzen, wie Ela sich das vorgestellt hatte, denn an vielen Tagen war ihre neue Chefin gar nicht da, sondern bei Mandanten unterwegs. Da es sich um sehr große Firmen und Einrichtungen handelte, die sie betreute, dauerten auch ihre Besuche entsprechend lange.

Ela vermisste ihre Kollegen aus dem angeblich viel zu engen Büro, und wenn sie allein war, huschte sie manchmal schnell hinüber, um ein paar Worte mit ihnen zu wechseln. Auf der anderen Seite mußte sie aber feststellen, dass es mitunter gar nicht so übel war, in Ruhe und ohne Ablenkung ihre Aufgaben erledigen zu können.

Da Levina keinesfalls den Versuch machte, sich mit ihr anzufreunden, kümmerte auch sie sich nicht weiter um sie, und sie kam zu dem Schluß, dass sich D-D mit seiner Theorie, seine Tochter könnte sich bei ihr etwas abgucken, total verrechnet hatte. Und das wollte sie ihm auch so bald wie möglich klar machen.

An einem Freitagnachmittag rief Marleen Ela an. „Na, wie geht's dir denn so?" fragte sie. „Was hat denn deine neue Chefin heute an? Die Blumenmusterbluse? Oder den eleganten Hosenanzug?" Sie lachte, sie vermutete, dass die Freundin nicht reden konnte. „Du brauchst nur ja oder nein zu sagen, dann weiß ich bescheid."

Ela atmete tief aus. „Nein, wir können offen reden, ich bin heute wieder alleine."

„Schon wieder? Ist dir das nicht zu langweilig?"

„In der Vesperpause war ich kurz drüben bei den Kollegen, aber ehrlich gesagt, inzwischen ist es mir fast schon ein bisschen zu laut bei ihnen, und ich bin froh, wenn ich mich wieder hierher zurückziehen kann."

„Na sowas, wer hätte das gedacht? Da scheinst du ja mehr von ihr anzunehmen, als sie von dir."

Ela seufzte. „Jedenfalls hat sie noch keine roten Strähnen im Haar und keine Löcher in den Jeans. Wenn sie überhaupt Jeans besitzt, - ich habe jedenfalls noch keine an ihr gesehen. Höchstens mal eine Leggings mit einem passenden exklusiven Oberteil dazu. Aber weißt du, ich finde, irgendwie passt das alles zu ihr."

„He, das klingt ja fast, als würdest du sie inzwischen sogar bewundern."

„Nein, nein, das nicht, aber ich kann sie verstehen. Sie ist, wie sie ist, ich weiß nicht, warum D-D sie ändern will. Ich habe keine Ahnung, was er damit meinte, als er sagte, manchen Mandanten gefiele ihre Art nicht. Die Hauptsache ist doch, sie macht ihre Arbeit gut, oder nicht? Und dass *das* so ist, davon bin ich überzeugt.“

„Redet sie eigentlich auch manchmal mit dir? Wenn du von ihr erzählst, hat man den Eindruck, als würdet ihr euch gegenseitig ignorieren.“

Ela lachte. „Unsere Unterhaltung hält sich in Grenzen. Außer *‚Guten Morgen‘* und *‚Auf wiedersehen‘* sagt sie manchmal: *‚Ich gehe jetzt und bin bei der Firma soundso zu erreichen.‘*

„Das ist alles?“

„Im Großen und Ganzen ja. Aber neulich habe ich sie mal was Fachliches gefragt, weil ich an einem bestimmten Punkt nicht weiterkam, und stell dir vor, sie hat mir die Sache ganz nett und freundlich, und auch sehr ausführlich erklärt. Ich war echt erstaunt.“

„Vielleicht solltest du sie viel öfter mal ansprechen. Und vielleicht nicht nur, wenn es um fachliche Themen geht.“

Ela nickte. „Ja, vielleicht hast du recht, daran habe ich auch schon gedacht.“

Marleen wechselte das Thema. „Übrigens, weshalb ich anrufe: Hast du Lust, morgen mit mir nach Geringhofen zu fahren?“

„Nach Geringhofen? Was willst du denn dort?"

„Du kennst doch sicher den Gasthof ‚Sägewerk', oder?"

„Hab schon viel davon gehört, war aber noch nie dort."

„Sie haben die Dekoration für ihren neuen Anbau bei mir bestellt, und morgen will ich die fertigen Sachen ausliefern."

„Oh, ich wußte gar nicht, dass du so große Aufträge überhaupt annimmst."

„Das war eine Ausnahme, weil ich die Tochter vom Wirt gut kenne. Aber es war nichts Weltbewegendes. Ein paar Vorhänge, ein paar Tischdecken und Kissen für die Stühle und Bänke. Viel Stoff, viel Nähte, aber nichts Schwieriges oder Kompliziertes."

„Ja klar, da komme ich gern mit."

„Prima. Kannst du so gegen elf Uhr bei mir sein? Wäre das ok? Wir können dann dort auch zu Mittag essen und, falls es uns gefällt und das Wetter schön ist, später dort im Garten Kaffee trinken…"

„Du rettest mein Wochenende", Ela lachte, „ich habe mir nämlich schon überlegt, was ich unternehmen könnte. Also bis morgen, ich freu mich!"

Ela half Marleen, die gut verpackten Textilien für das *Sägewerk* in ihren kleinen Suzuki zu laden. „Mußt du die Sachen auch an Ort und Stelle platzieren, wo sie hingehören? Ich meine, die Vorhänge anbringen, die Kissen beziehen, die Tischdecken auflegen und so weiter?"

Marleen schüttelte den Kopf. „Nein, dafür haben sie jemanden. Ich möchte nur eine Weile dortbleiben, um die Garantie zu haben, dass alles passt."

„Kein Problem. Liegt das *Sägewerk* nicht am *Mondsee*? Da können wir vielleicht später einen kleinen Spaziergang um den See herum machen. Ich habe gehört, er soll sehr schön sein. - Weißt du eigentlich, warum er *Mondsee* heißt?"

Marleen hob die Schultern. „Keine Ahnung. Vielleicht weil sich der Mond darin spiegelt, wenn er scheint?"

Sie lachten beide, dann stiegen sie ein und Marleen startete in Richtung Geringhofen.

Das *Sägewerk* lag vor den Toren der Ortschaft, eingebettet in grüne Wiesen und Felder, nur kurze Fußwege entfernt vom *Geringhofener Forst* und dem *Mondsee*. Es war ein Ausflugslokal, wie man es sich schöner und malerischer nicht vorstellen konnte.

Das Hauptgebäude war vor einiger Zeit renoviert worden, der weiße Putz zwischen dem dunklen Fachwerk glänzte in der Sonne. Bei schönem Wetter, wie an diesem Samstag, konnte man draußen im Garten sitzen, für die Kinder gab es einen großen Spielplatz, und wer nach dem Kaffeetrinken spazierengehen wollte, konnte um den *Mondsee* herum laufen oder sogar darin baden. So kam jeder Besucher auf seine Kosten.

Die beiden Freundinnen hatten beschlossen, draußen in der Sonne etwas zu trinken, bevor sie sich im Inneren des Restaurants um das Mittagessen kümmerten. Auch der Garten war gut besucht, und als dann noch eine Gruppe von Motorradfahrern angekommen war, die ihre Maschinen auf dem Parkplatz nebenan abgestellt hatten, gab es kaum noch freie Plätze. Ela war deshalb froh, dass sie, während Marleen beim Wirts-Ehepaar ihre Arbeiten ablieferte, noch einen freien Tisch gefunden hatte. Sie setzte sich und studierte vorab schon mal die Speisekarte.

Die meisten der Motorradfahrer schienen einem Club anzugehören, der sich *BlackBoys* nannte, sie trugen den Schriftzug auf dem

Rücken ihrer schwarzen Lederjacken. Ela hatte schon von ihnen gehört, aber sie kannte keinen von ihnen und wußte auch nicht, aus welcher Ortschaft sie kamen.

Als Marleen zurückkehrte, hatte Ela gerade einen Apfelsaft bestellt.

„Wie ist es gelaufen? Hat alles gepasst, und waren sie zufrieden?"

Marleen strahlte. „Oh ja, ich glaube, es wird wirklich sehr hübsch werden. Am nächsten Wochenende wird der neue Raum eröffnet, vielleicht sollten wir dann noch mal herkommen, um es uns anzusehen, wenn alles fertig ist."

„Klar, das machen wir. Es ist ja wirklich wunderschön hier. Wenn ich das gewußt hätte, wäre ich sicher längst schon mal hergekommen."

Von den Motorradfahrern waren die meisten noch auf den Füßen. Sie liefen durcheinander, suchten nach einem Platz oder standen um die Theke herum. Sie waren ausgelassen und lustig und machten ziemlich viel Lärm.

Wahrscheinlich waren sie schon lange unterwegs gewesen, und nun hatten sie Durst und konnten kaum abwarten, bis jemand kam, um ihre Bestellungen aufzunehmen. Als schließlich die Bedienung kam, hatte sie den von Ela bestellten Apfelsaft auf ihrem Tablett stehen, doch einige der Motorradfreaks waren aufgestanden und umringten sie ungeduldig. Ela sah sie kommen, erkannte die schwierige Situation, in der sie sich befand und ging ihr entgegen, um ihr den Apfelsaft abzunehmen. Doch dann..., auf einmal ging alles sehr schnell: Einer der jungen Männer wurde von einem anderen geschubst, das Glas auf dem Tablett fiel um, und der Apfelsaft ergoss sich über Elas T-Shirt.

Einen Augenblick lang herrschte Stille, dann fingen sie an zu grölen und johlen, als sei etwas überaus Lustiges passiert. - Nur der junge Mann, der das Glas umgestoßen hatte, ohne etwas dafür zu können, machte ein betretenes Gesicht und entschuldigte sich bei Ela. „Tut mir ehrlich leid, das wollte ich nicht", stammelte er.

Sie lächelte. „Es war doch nicht Ihre Schuld."

„Trotzdem. Ich werde dafür sorgen, dass Sie ein neues Glas kriegen. Was war's denn? Apfelsaft?"

„Ja."

„In Ordnung." Er wandte sich an die Bedienung. „Bringen Sie der Lady einen neuen Apfelsaft. Auf meine Rechnung natürlich."

„Die Rechnung sollte eigentlich derjenige begleichen, der Sie angestoßen hat", meinte sie, aber er winkte ab. „Ist schon in Ordnung."

Und an Ela gewandt, mit Blick auf den großen nassen Fleck auf ihrem T-Shirt, meinte er mit einem Zwinkern: „Ich würde Ihnen ja gern helfen aber…"

Auch sie lachte. „Macht nichts, ist ja nur Apfelsaft. Und bei dem schönen Wetter ist's gleich wieder trocken."

„Hoffentlich macht Apfelsaft keine Flecken."

„Ich glaube nicht."

Augenblicke später kam die Bedienung mit einem großen Tablett voller Biergläser und Bierflaschen zurück, und zwischendrin stand das neue Glas mit Elas Apfelsaft.

„Ist das der Apfelsaft für die hübsche Lady?", fragte der Geschubste.

Die Bedienung nickte und lachte.

Er schaute sich nach einem der blühenden Sträucher neben den Tischen und Bänken um, pflückte eine der roten Blüten und legte sie auf das Tablett neben das Apfelsaftglas. „Geben Sie ihr das und sagen Sie ihr nochmals, dass es mir leidtut, und dass ich sie um Verzeihung bitte."

Die Bedienung tat wie ihr geheißen, und Ela war erstaunt, als sie ihr die Hibiskusblüte überreichte. „Von dem jungen Mann, dem Sie die Apfelsaftdusche zu verdanken haben. Er hat noch mal betont, wie leid es ihm tut.“

Ela mußte lächeln, das hätte sie von einem der rauen Gesellen gar nicht erwartet. Sie nahm die Hibiskusblüte, winkte damit zu ihm hinüber und rief ihm „Danke“ zu.

„Da hast du aber jemanden ziemlich tief beeindruckt“, meinte Marleen. „Das war wirklich eine nette Geste von ihm.“

Erst jetzt kam Ela dazu, sich den jungen Mann ein wenig genauer anzusehen. Und ja, er gefiel ihr. Nicht nur, weil er nett war, sondern auch, weil er hübsch aussah. Die schwarze Motorradkluft, die er, wie alle seine Freunde, trug, stand im krassen Gegensatz zu seinem sehr kurzgeschnittenen und sehr blonden Haaren, und auch sein Lächeln fiel in der Horde der wilden lauten Kerle auf.

Nachdem sie sich mit dem Bier erfrischt und gestärkt hatten, brachen die *BlackBoys* wieder auf und bogen mit ihren Rädern laut knatternd und hupend in die Landstraße ein, die in die nächste Ortschaft führte.

Am Montag hatte Ela gehofft, noch einmal einen Tag allein im Büro zu sein, doch als sie ankam, saß Levina schon hinter ihrem PC, und man hörte an ihrem Tippen, dass sie bereits wieder tief in ihrer Arbeit steckte.

„Guten Morgen", sagte Ela, stellte ihre Tasche neben dem Schreibtisch ab und setzte sich, mit einem Seitenblick auf ihre Juniorchefin, auf ihren Platz. Ganz gegen ihre Erwartung bekam sie dieses Mal eine Antwort: „Guten Morgen."

Sie hatte sich für diesen Tag vorgenommen, Levina endlich einmal anzusprechen und sie aus ihrer Reserve zu locken, wußte allerdings noch nicht so genau, wie sie das anstellen sollte. Sollte sie über das schöne Wetter reden? Oder sollte sie sie fragen, wie sie ihr Wochenende verbracht hatte?

Sie hatte am Vortag die Hibiskusblüte von ihrem Motorrad-Verehrer an ihrer Tasche befestigt, und dort steckte sie noch immer. Nicht mehr ganz so frisch, aber doch noch hübsch und ansehnlich.

Levina hatte sich nie zuvor für etwas interessiert, was Ela trug oder bei sich hatte, deshalb war es verwunderlich, dass sie stutzte, als sie die Blüte sah. Nur ein paar Sekunden lang, dann schaute sie wieder auf ihren Bildschirm und arbeitete im gleichen Tempo weiter wie zuvor. Ela aber dachte sich, dass das eine gute Einstiegsmöglichkeit für eine Unterhaltung sei.

„Ich war am Samstag mit meiner Freundin im *Sägewerk*", begann sie. „Das liegt am *Mondsee, k*ennen Sie das?" Noch während sie auf Antwort wartete, überlegte sie, ob sie Levina nicht vielleicht hätte duzen sollen.

„Nein", kam die kurze und knappe Antwort hinter dem PC hervor, ohne dass die Arbeit dabei unterbrochen worden wäre.

„Sie sollten unbedingt mal hinfahren, das ist eine wunderschöne Gegend."

Keine Antwort.

„Ich hab das auch nicht gewußt, bin früher auch nie dort gewesen. Aber am Samstag… Meine Freundin ist Näherin, und sie hatte einen größeren Auftrag für die Wirtsleute vom *Sägewerk*, und als sie die Näharbeiten dort abgeliefert hat, habe ich sie begleitet…", redete Ela weiter.

„Aha."

Na also, dachte sie, das war doch wenigstens mal ein Anfang.

„Es war wirklich sehr schön dort im Garten, die Sonne schien, und alle Leute hatten gute Laune." Und nach einer Weile fügte sie hinzu:

„Und ich habe sogar eine Hibiskusblüte geschenkt bekommen.“

Keine Antwort, - nur ein „Mmh.“

‚Gut, das war’s dann mal für heute‘, dachte Ela. ‚Morgen mach ich weiter. Es wäre doch gelacht, wenn ich sie nicht dazu bringen würde, mit mir zu reden.‘

Am darauffolgenden Samstag fuhren Ela und Marleen noch einmal nach Geringhofen, um sich den neu eingerichteten Gastraum des *Sägewerks* anzusehen. Doch diesmal war das Wetter nicht sehr schön, und dunkle Wolken standen am Himmel. Die meisten der Gäste, die zur Eröffnung gekommen waren, hielten sich deshalb im Inneren der Räume auf, anstatt draußen im Garten zu sitzen, wo sie hätten aufpassen müssen, nicht noch nass zu werden. Dadurch war es diesmal überall voll, da war kaum mehr ein freier Platz zu finden. Viele der Besucher drängten sich an der Theke, um wenigstens dort schnell auf das Wohl des *Sägewerks* anzustoßen.

„He, Ela, sieh mal!,“ rief Marleen auf einmal, „ist das nicht dein Hibiskus-Verehrer?“

Ela richtete sich auf und schaute um sich. „Wo?“

„Dort vorn an der Theke.“

Tatsächlich standen einige der Lederjacken dort, doch erst, als Ela genauer hinschaute, sah sie, dass manchmal für einen kurzen Augenblick das helle Haar des netten Hibiskus-*BlackBoys,* der sich die Woche zuvor so fair verhalten hatte, zwischen den schwarzen Jacken auftauchte.

„Geh doch mal hin, hol dir eine Cola oder irgendetwas anderes zu trinken…“, schlug Marleen vor.

Ela war empört. „Was denkst du denn von mir! Ich laufe ihm doch nicht nach!“

Marleen lachte. „Nicht nötig, er hat dich schon entdeckt.“ Und tatsächlich hatte er sich etwas aus dem Pulk seiner Kameraden herausgedrängt, schaute zu ihnen herüber und lächelte. Ela hätte sich gewünscht, er wäre herübergekommen, gleichzeitig war ihr aber auch klar, dass sie nicht wichtig genug für ihn war, nur weil er ihr vor einer Woche eine Hibiskusblüte geschenkt hatte.

Kurze Zeit später waren die *BlackBoys* auch schon wieder verschwunden, und Ela und Marleen wechselten vom neu eröffneten Gastraum hinüber ins Restaurant, um sich ein Mittagessen zu bestellen.

2.

„Ela, kommen Sie doch bitte mal in mein Büro", sagte D-D am Telefon, und wie immer legte er auf, bevor sie eine Frage stellen konnte.

„Was ist denn nun schon wieder?", murmelte sie vor sich hin. Womit würde er sie heute beauftragen, um seine Tochter aus der Reserve zu locken?

Und wieder bot er ihr Platz auf dem alten braunen Ledersessel vor dem Schreibtisch, doch diesmal wollte sie nicht warten, bis er ihr mitteilte, was er als Nächstes von ihr erwartete, sie wollte gleich zum Angriff übergehen. Der leise Trotz in ihrer Stimme war nicht zu überhören, als sie sagte: „Herr Doktor, wenn Sie erwartet haben, dass sich Levina eine rote Strähne in ihr Haar färben lässt, oder dass sie sich Löcher auf den Knien in ihre Hosen schneidet..., dann haben Sie meinen Einfluss auf sie total überschätzt."

Doch D-D fiel ihr sogleich ins Wort. „Nein, nein, Ela, so war das nicht gemeint. Aber erzählen Sie doch einfach mal, wie sie sich in den letzten Tagen Ihnen gegenüber verhalten hat.“

„Gar nicht.“

„Was heißt das: ‚Gar nicht‘?“

„Das heißt, dass sie sich mir gegenüber verhält, als sei ich gar nicht da.“

„Wie muß ich das verstehen?“

„Ganz einfach. Wenn's hoch kommt, antwortet sie mir kurz auf mein ‚Guten Morgen‘, oder sagt ‚Auf wiedersehen‘, wenn sie geht. Das ist alles.“

„Haben Sie nicht wenigstens mal versucht, sie in ein Gespräch zu verwickeln? - Mein Gott, ihr seid zwei junge Frauen, da muß es doch Themen geben wie Sand am Meer, über die ihr reden könntet.“

Ela seufzte tief und lehnte sich zurück. „Herr Doktor, sie *will nicht* mit mir reden, verstehen Sie? Sie *will nicht!* Ich habe versucht, ihr von meinem Wochenende zu erzählen, aber das hat sie überhaupt nicht interessiert. - Warum, um alles auf der Welt, wollen Sie sie überhaupt ändern? Sie sagten mal, ihre Art käme bei manchen der Mandanten nicht gut an. Das verstehe ich nicht. Sie ist kompetent, was die Arbeit angeht, sie ist nett und freundlich und ruhig…“

Er lachte ein wenig hilflos. „Sie ist ruhig! Ja, genau das ist es.“ Er machte eine kurze Pause. „Manche der Herren aus den Chef-Etagen“, fuhr er fort, „möchten, dass sie ein bisschen aus ihrem Schneckenhaus herauskommt, dass sie ein wenig mehr auf sie eingeht. - Mein Gott, um es deutlich zu sagen, sie wollen mit ihr flirten, wollen Sie zum Essen ausführen, zu Veranstaltungen einladen… Sie ist doch eine hübsche junge Frau, warum trägt sie diese abscheulichen Kleider? Warum lässt sie sich nicht mal das Haar hübsch machen oder schafft sich eine moderne, raffinierte Brille an. Sie könnte so viel aus sich machen.“

Ela nickte. Damit hatte er natürlich recht, dachte sie. Aber sollte er nicht lieber mit Levina selbst darüber reden? - Oder hatte er das schon versucht, aber keinen Erfolg gehabt?

„Sie ist sehr tüchtig in ihrem Beruf, ist das den Herren aus den Chef-Etagen denn nicht genug? - Herr Doktor, glauben Sie wirklich, dass ihr Büro *mehr* Mandanten und noch *größere* Aufträge bekäme, wenn sie so ein Party-Girl wäre?“

„Party-Girl?“ Er sah sie erstaunt an. „Was meinen Sie damit?“

„Naja, wenn sie mit den Herren flirten würde,

mit ihnen ausginge, sich von ihnen zu Events einladen ließe…, - das ist genau das, was Party-Girls machen. Mit der Zeit könnte sich das nicht nur negativ auf Levinas Ruf auswirken, sondern auch auf den des Büros."

Vielleicht sollte sie nicht so mit ihm reden, dachte sie, schließlich war er ihr Chef, doch wenn er der Meinung war, er müsste sie in die Probleme mit seiner Tochter einbeziehen, dann mußte er auch damit rechnen, dass sie ganz offen ihre Meinung sagte.

Eine Weile schwieg er und schien nachzudenken.

„Mein Gott, ich weiß nicht, warum ich ausgerechnet mit *Ihnen* darüber rede", sagte er auf einmal, „aber… Es ist tatsächlich so, dass ich schon mehrfach darauf angesprochen worden bin, und immerhin haben wir schon zwei große Firmen verloren…"

„Aber doch nicht aus diesem Grund, oder…?" Ela konnte das nicht glauben.

Er hob die Schultern. „Man hält sie für prüde. Es hieß, es mache keinen Spaß, mit ihr zusammenzuarbeiten."

„Aber die Existenz Ihres Büros ist dadurch bestimmt noch nie in Gefahr geraten." Sie konnte nichts dafür, sie hatte plötzlich das

Gefühl, als müsse sie Levina verteidigen. Sie hoffte nur, dass D-D ihr ihre Offenheit nicht übelnahm.

„Nun ja" meinte er. „Vielleicht sollte ich wirklich noch einmal mit ihr selbst darüber reden."

Damit war das Thema für ihn beendet, und er signalisierte Ela, dass sie wieder gehen konnte.

Ihr ging das Gespräch mit ihrem Chef jedoch nicht so schnell aus dem Kopf. Irgendwie tat ihr Levina leid.

„Er ist wieder da", sagte Marleen und zwinkerte Ela zu.

„Ja, ich habe ihn gesehen."

„Ist es nicht seltsam: Da hat man bestimmte Leute nie zuvor im Leben gesehen, aber wenn man sie eines Tages entdeckt hat, dann trifft man sie plötzlich immer und immer wieder."

Ela nickte. „Ja, so ist das auch manchmal mit der Musik. Du hörst einen Song, und auf einmal hast du das Gefühl, jeder Sender spielt ihn, im TV hört man ihn jeden Tag, auf der Straße aus jedem Auto…"

„Seit wir die *BlackBoys* damals im *Sägewerk* getroffen haben, habe ich das Gefühl, als wären sie überall. - Aber hier in Weidenfels hätte ich sie eigentlich nicht erwartet. Hat er dich schon entdeckt?"

„Das weiß ich nicht, ich bemühe mich, möglichst nicht hinzusehen."

„Aber warum denn nicht?"

„Wenn ihm etwas dran liegt, mit mir zu reden, wird er sich schon melden."

„Aber du könntest schon ein bisschen nachhelfen, finde ich."

Ela lachte. „Und was meinst du, wie ich das machen sollte?"

„Laß ihn nicht aus den Augen, bis er merkt, dass du ihn beobachtest."

„Das werde ich ganz sicher *nicht* tun", sagte Ela, - aber schließlich riskierte sie doch einen kurzen Blick, und das gerade in *dem* Moment, als er zu ihr herüberschaute. Er lächelte. - Nur ein Lächeln, das war alles. Weder hob er die Hand noch machte er Anstalten, zu ihnen herüberzukommen, und doch fuhr Ela ein Stich in den Magen bei diesem Lächeln.

Eigentlich hatte sie an diesem Wochenende etwas anderes vorgehabt, - jetzt war sie froh, dass sie Marleens Angebot, sie zum Stadtfest nach Weidenfels zu begleiten, angenommen hatte.

Sie waren gleich nach dem Mittagessen

losgefahren. Weidenfels war eine hübsche kleinen Ortschaft ganz in der Nähe von Geringhofen. Marleens Interesse galt vor allen Dingen dem dortigen Kunstgewerbe-Markt, weil man dort die hübschesten Handarbeiten zu sehen bekam, die man sich vorstellen konnte. Besonders bei den Näharbeiten versuchte sie stets, Anregungen für eigene neue Arbeiten zu finden.

Nachdem sie sich alles angeschaut hatten, hatten sie Kaffee getrunken und Kuchen gegessen in einem netten Café mitten im Ort, und seit dem späten Nachmittag hielten sie sich nun in der festlich geschmückten Turnhalle der Weidenfelser Grundschule auf, wo mit Musik und Tanz gefeiert wurde.

Kaum hatten die Musiker ihre Plätze auf der Bühne wieder eingenommen und nach ihren Instrumenten gegriffen, als sich auf dem Parkett in der Mitte des Saales bereits die ersten tanzlustigen Paare einfanden.

Ela und Marleen bemerkten die beiden *BlackBoys* nicht gleich, als sie auf sie zukamen. Einer von ihnen war ein hübscher Dunkelhaariger mit Dreitagebart, der andere war zwar ebenso hübsch, jedoch mit sehr hellem und sehr kurzem Haar.

Marlen versuchte gerade, Ela dazu zu überreden, noch einmal mit ihr über den Markt zu gehen. „Ich weiß, du würdest jetzt lieber hierbleiben und ihn eine Weile beobachten", vermutete sie, „aber vielleicht können wir später noch mal herkommen."

„Und wenn er dann nicht mehr da ist?"

Marleen lachte. „Du lieber Himmel, du hast dich ja richtig verknallt!"

Ela nickte und lächelte, und als sie sich umwandte, - stand er plötzlich vor ihr: Genau der *BlackBoy*, der ihr nicht mehr aus dem Kopf gehen wollte, seit er ihr damals die Hibiskusblüte geschenkt hatte.

„Wollt ihr etwa schon gehen?", fragte der Dunkelhaarige. „Das geht aber nicht, zuerst müssen wir miteinander tanzen." Er nahm einfach Marleens Arm und zog sie lachend auf die Tanzfläche. Ela und der Blonde standen sich eine Sekunde lang gegenüber und schauten sich wie verzaubert an. Ihr Herz setzte einen Schlag lang aus, als er schließlich den Arm um ihre Taille legte und sie sanft auf das Parkett schob.

Auf der einen Seite hätte sie sich gern mit ihm unterhalten, doch die kleine Kapelle war auf Volksmusik eingestellt und spielte gerade eine lustige Polka, - und zwar so laut, dass es fast unmöglich war, sich dabei zu unterhalten. Auf der anderen Seite hätte sie sich aber auch gewünscht, einen langsamen Walzer mit ihm zu tanzen, um ihm ein wenig näherzukommen.

„Fahren wir irgendwohin, wo es ein bisschen ruhiger ist und wir uns unterhalten können?", schlug der Blonde vor, - so dicht an Elas Ohr, dass seine Lippen beim Sprechen ihr Ohrläppchen berührten.

„Wir sind mit dem Auto meiner Freundin hier", versuchte sie, ihm mitzuteilen.

Er lächelte und wies mit dem Kopf auf Marleen und den Dunkelhaarigen, die gerade an ihnen vorübertanzten. „In spätestens einer Stunde wären wir wieder hier. Mein Freund Joe wird sich so lange gut um deine Freundin kümmern. Was meinst du?"

Ela wußte nicht recht, was sie tun sollte. Natürlich wäre gern mit ihm gegangen. Sie begegnete Marleens Blick, und es sah nicht so aus, als hätte sie etwas dagegen, eine Stunde lang mit Joe zu tanzen, bis sie wieder zurück war.

Elas Herz klopfte aufgeregt, als sie dem blonden Jungen hinaus auf den Hof und zum Parkplatz folgte, wo die *BlackBoys* ihre Maschinen abgestellt hatten.

„Wie heißt du eigentlich?", fragte er sie.

„Ich heiße Ela. Und du?"

Er lief auf eine Kawasaki zu. „Ich heiße Leon", antwortete er.

Sie kannte sich mit Motorrädern nicht aus, aber seine Maschine kam ihr doch so gewaltig vor, dass sie staunen mußte, wie er damit umgehen konnte, obwohl er nicht gerade zu den Muskelpaketen der *BlackBoys* zu gehören schien.

„Ist das deine?", fragte sie, und er nickte und lächelte, und man sah, wie stolz er war.

Sie wunderte sich, als er auf einmal einen zweiten Helm in der Hand hielt und ihn ihr reichte. „Probier mal, ob er dir passt", sagte er.

Sie setzte ihn auf, bewegte den Kopf ein paarmal hin und her, und nahm ihn wieder ab. „Ja, er passt, aber…"

„Aber?"

„Hast du immer einen zweiten Helm bei dir?"

Er lachte und zwinkerte. Es sah nett aus, wenn er lachte, er hatte einen hübschen Mund und schöne gleichmäßige Zähne.

„Ja klar, immer. Für den Fall eines Falles." Doch dann wurde er wieder ernst. „Nein, es ist der von Joe, er braucht ihn ja jetzt nicht."

Als er startete, wußte Ela nicht, wo sie sich

festhalten sollte, - am Griff, oder lieber an seiner Taille? Sie entschied sich für den Griff, - denn eigentlich kannten sie sich ja noch gar nicht.

Obwohl sie es nicht gewohnt war, auf einem Motorrad mitzufahren, hatte sie keine Angst, als er die Landstraße entlangbrauste. Sie vertraute ihm, und hinter seinem Rücken mit dem Schriftzug der *BlackBoys* fühlte sie sich sicher.

Er schlug die Straße in Richtung Geringhofen ein und bog kurze Zeit später zum Parkplatz vom *Sägewerk* ab.

Als sie sich dort nach einem Platz im Garten umschauten und auch diesmal an den Hibiskus-Sträuchern vorüberkamen, pflückte er wieder eine der Blüten. „Die ist für dich", sagte er, „für Ela."

Er schaute sie lächelnd an, und als sie sich gesetzt und etwas zu trinken bestellt hatten, fragte er: „Ela? Ist das eine Abkürzung?"

Sie nickte. „Ja."

„Von Manuela?"

„Nein."

„Gabriela?"

Und wieder schüttelte sie den Kopf. Er tat, als suche er nach weiteren Namen, meinte dann aber lachend: „Sag schon, mir fällt im Augenblick kein anderer mehr ein."

Sie lächelte. „Michaela", antwortete sie, „ich heiße Michaela, aber niemand nennt mich so."

Er lächelte zurück. „Michi", sagte er leise und suchte ihren Blick. „Warum nennt dich niemand ‚Michi‘? Das würde gut zu dir passen."

Sie hob die Schultern. „Ich war schon von klein auf immer die Ela."

„Erzähl mir von dir. Wer bist du und was machst du? Beruflich zum Beispiel?"

„Ich arbeite in einem Steuerbüro. Und du? Was machst du?"

„Ich hab manchmal auch mit solchen Sachen zu tun. Joe ist mein Chef, er hat eine kleine Werkstatt für Motorräder. Und hin und wieder kümmere ich mich auch ein bisschen um seine Buchführung."

Das gefiel Ela, bestimmt würden sie sich gut verstehen, dachte sie.

„Und deine Familie?" setzte sie das Frage-und-Antwort-Spiel fort. „Hast du auch Geschwister? Ich habe einen Bruder, aber er ist sechs Jahre älter ist als ich, dadurch hatten wir nie gemeinsame Freunde und haben eigentlich auch nie viel zusammen unternommen."

„Nein, ich habe keine Geschwister. Ich hätte

immer gern einen Bruder gehabt, vor allem, seit uns meine Mutter verlassen hat.“

„Oh, das tut mir leid. Und dein Vater? Habt ihr nicht dadurch, dass ihr jetzt alleine seid, ein viel engeres Verhältnis zueinander?“

Er schüttelte den Kopf und drehte sein Bierglas in den Händen. „Nein. Mein Vater hat bestimmte Vorstellungen davon, wie ich, seiner Meinung nach, sein sollte.“ Er hob die Schultern. „Aber so, wie er mich gern hätte, bin ich nun mal nicht. Ich bin ganz anders.“

Er starrte gedankenverloren vor sich hin, und eine Welle von Mitgefühl stieg in Ela auf. „Das tut mir sehr leid“, sagte sie. Am liebsten hätte sie nach seiner Hand gegriffen, aber das traute sich noch nicht.

„Hast du dich deshalb den *BlackBoys* angeschlossen, um durch sie so etwas wie eine Familie zu haben?“

„Ja, so könnte man sagen.“

Er schaute auf die Uhr, die Stunde, die er mit Joe ausgemacht hatte, war fast vorüber.

„Wir sollten fahren und sie nicht warten lassen“, sagte er, „nicht, dass sie sich Sorgen um uns machen.“

„Ja, du hast recht“, antwortete Ela.

Natürlich wäre sie gern noch viel länger mit

ihm sitzengeblieben, aber sie war glücklich, dass sie ihm begegnet war, und dass dieser Tag dadurch so schön geendet hatte. Sie hoffte, dass es auch für Marleen ein schöner Tag gewesen war.

Seit sie Leon kennengelernt hatte, war die Welt auf einmal ganz anders für Ela. Seit dem Treffen in Weidenfels hatten sie sich ein paarmal an den Wochenenden verabredet. Einmal war er mit ihr in eine hübsche kleine Diskothek gefahren, in einem Ort, in dem sie niemals zuvor gewesen war, ein anderes Mal hatten sie sich im Kino von Geringhofen einen interessanten Film angesehen. Aber manchmal, wenn das Wetter gut war, fuhr er sie auch nur auf dem Motorrad spazieren. Dann setzten sie sich, irgendwo, wo es schön war, ins Gras und redeten, oder sie tranken auch zwischendurch schnell mal eine Cola.

Ela hatte sich ernsthaft in Leon verliebt, sie mochte seine ruhige nette Art, obwohl das gar nicht so sehr zu einem *BlackBoy* passte. Und eigentlich auch nicht zu ihr, die sie doch schon immer ein bisschen verrückt gewesen war. Ihm aber schien ihre Art zu gefallen, - wäre er sonst so gern mit ihr zusammen?

Dennoch gab es auch etwas, was sie ein bisschen bedrückte: Warum waren sie sich bisher noch immer nicht nähergekommen? Sie hatten sich noch nicht einmal richtig geküsst. Wie kam es nur, dass er als *BlackBoy* so zurückhaltend und schüchtern war?

Ela war Männern gegenüber nie schüchtern gewesen, und normalerweise ließ sie es sie durchaus wissen, was ihr gefiel und was nicht. Und auch, was sie von ihnen erwartete. Es war noch nicht allzu lange her, dass sie die Beziehung mit ihrem Freund Felix beendet hatte, weil er zu wenig auf sie eingegangen war.

Wenn ihr Leon nun signalisierte, dass auch er sich in sie verliebt hatte, dann erwartete sie im Grunde mehr von ihm, als nur ab und zu ein Küsschen auf die eine oder die andere Wange oder ganz behutsam auf den Mund. Zwar war es schön, sich eng aneinander geschmiegt in einer Disko zu zärtlicher Musik zu bewegen, sich im Kino an der Hand zu halten oder irgendwo zusammen im Gras zu sitzen und zu träumen, - aber da gäbe es doch noch so viel mehr. Er war lieb und nett, - die Hibiskusblüten sprachen durchaus *für* ihn. Und doch war sie der Meinung, als Mitglied der *BlackBoys* und als Motorradfreak sollte er vielleicht doch ein bisschen mehr aus sich herausgehen. Sie sehnte sich nach mehr Nähe, und sie wartete darauf.

An einem Samstag hatten sie sich verabredet, um an den *Mondsee* zu fahren, und Leon hatte versprochen, am Nachmittag unter der alten Eiche auf dem Dorfplatz auf sie zu warten.

Sie war schon ein paar Minuten früher da, und ihr Herz schlug schneller, als sie sein Motorrad die Hauptstraße heraufkommen sah.

Da das Wetter wieder schön war, - warm und sonnig, - war extrem viel los am *Mondsee*, weil viele die gleiche Idee gehabt und, wie sie, den See dem Schwimmbad von Geringhofen vorgezogen hatten.

Leon setzte sich ins Gras und streckte die Hand nach ihr aus. „Komm, setz dich. Erzähl mir noch mehr von dir, ich weiß immer noch viel zu wenig.“

„So viel gibt es über mich eigentlich gar nicht zu erzählen“, sagte sie und ließ sich neben ihm nieder, „außer, dass ich manchmal ein bisschen verrückt bin. Aber das wirst du inzwischen ja sicher schon gemerkt haben.“

Er lachte. „Naja, es hält sich in Grenzen.“

Sie hob die Schultern, und auch sie lachte. „Du hast noch nicht alles miterlebt. Manchmal kommen mir die komischsten Sachen in den

Sinn, dann färbe ich mir eine bunte Strähne ins Haar, lackiere mir die Fingernägel grün, oder trage ganz ausgefallene Sachen, die sich eine andere nie trauen würde zu tragen…"

Er schaute sie prüfend an, - so genau, dass sie wieder lachen mußte, dann sagte er: „Ich finde, heute siehst du ganz besonders hübsch aus, da ist gar nichts Verrücktes an dir."

„Und was gibt es Ausgefallenes von dir zu berichten?", fragte sie ihn, „bist du nicht auch manchmal ein kleines bisschen verrückt?"

Er gab ihr nicht gleich Antwort, hob die Schultern und starrte über das Wasser, als schaue er den Schwimmern zu oder den spielenden Kindern am Ufer. Und doch schien es, als wäre er mit den Gedanken ganz weit fort. „Vielleicht", sagte er dann aber, „manchmal schon."

Sie setzte sich ein wenig zurück, um ihn genauer betrachten zu können. Er hatte die *BlackBoys*-Jacke ausgezogen und neben sich ins Gras gelegt, darunter trug er ein schwarzes T-Shirt mit kurzen Ärmeln. Seine Arme waren kräftig, aber nicht ausgesprochen muskulös, sein Haar war kurz und blond. Ziemlich kurz und ziemlich blond, deshalb ging sie davon aus, dass auch er ab und zu etwas nachhalf. Sie mußte lächeln, so schienen sie doch wenigstens etwas gemeinsam zu haben, und sei es nur die Vorliebe, manchmal ein bisschen etwas an ihrem Haar zu verändern.

Er wandte sich kurz nach ihr um. „Schön, dass du heute wieder Zeit für mich hast", meinte er, dann wanderte sein Blick wieder zurück über den See, während er sich nachdenklich mit dem Finger über die Schläfe fuhr.

Ela hielt einen Augenblick lang den Atem an. Für einen kurzen Moment hatte sie das Gefühl, als hätte sie diese Geste, diese Bewegung schon einmal gesehen. Irgendwo. Bei irgend jemandem. Sie dachte nach, aber sie kam nicht drauf, sie konnte sich nicht erinnern.

„Wenn wir das nächste Mal herkommen, müssen wir unbedingt unsere Badesachen mitbringen," schlug sie vor.

„Ich weiß nicht recht. Mir sind hier immer zu viele Leute", antwortet er.

Wäre er von dieser Idee begeistert gewesen, hätte sie ihm verraten, dass sie ihren Badeanzug bereits trug, doch da ihn der See nicht zum Baden einzuladen schien, sagte sie es ihm nicht. „Dann müssen wir eben mal herkommen, wenn die meisten der anderen schon gegangen sind", sagte sie stattdessen lachend und fügte hinzu:

„Zum Beispiel abends oder nachts beim Mondschein." Das stellte sie sich sehr schön vor.

Er sah sich wieder nach ihr um, - sie fragte sich, warum er so unruhig und nervös war.

„Wie fändest du das?", fragte sie.

Er nickte. „Ja, das könnte sehr schön und romantisch sein."

Ja, wiederholte sie in Gedanken, das könnte wirklich sehr schön und romantisch sein. Sie mußte sich eingestehen, dass sie sich danach sehnte, ihm nah zu sein. Ganz nah. Und sie überlegte, ob sie ihm nicht doch ein kleines bisschen entgegenkommen sollte.

Sie rückte ein Stückchen weiter zu ihm hinüber, und als hätte er begriffen, worauf sie wartete, legte er seinen Arm um ihre Taille. Mit der anderen Hand strich er ihr liebevoll eine Strähne aus der Stirn.

Sie lächelte. Nun würde er sie endlich küssen. Sie war darauf vorbereitet, schloss die Augen, und ein wohliges Kribbeln ging ihr durch den Körper, als sie seine Lippen auf ihrem Mund spürte. Ganz zart nur, ganz behutsam. Trotzdem hoffte sie, dass es nun weiterging, dass er sie nun endlich intensiver küssen würde… Stattdessen kam nur ein weiterer sanfter Kuss, und dann noch einer… Einen Augenblick lang verweilte sein Mund auf ihren Lippen, - untätig und starr, und gerade, als sie sich entschloss, selbst die Initiative zu ergreifen, ließ sein Mund ihre Lippen wieder los… Und dann ließ er sie plötzlich ganz los, rückte von ihr ab und vergrub sein Gesicht in den Händen.

„Verdammt noch mal!", murmelte er, „ich kann das nicht!"

Ela hatte ihn kaum verstanden, und dann stand er auf und sagte zu ihr: „Tut mir leid, Ela, ich muß weg. Ich kann dich noch schnell nach Hause fahren. Aber dann…, bitte… Sei nicht böse."

Sie sah erstaunt zu ihm auf, konnte sich nicht erklären, was passiert war.

Er griff nach seiner *BlackBoys*-Jacke, hängte sie sich über die Schultern, und Augenblicke später war er bereits auf dem Weg zum Parkplatz, wo er sein Motorrad abgestellt hatte.

Schließlich stand auch sie auf und folgte ihm. „Was ist denn los, Leon?"

„Es ist nichts. Ich kann dir das jetzt nicht erklären", sagte er und lief weiter.

Im ersten Augenblick war sie ärgerlich gewesen, - Minuten später aber nur noch unglücklich und traurig.

„Habe ich etwas falsch gemacht, habe ich was Falsches gesagt?“

„Nein, Ela, nein. Es war nicht deine Schuld.“

Schweigend stieg er auf sein Motorrad, wartete, bis auch sie aufgestiegen war, und fuhr dann los, um erst zu Hause, unter der großen Eiche, wieder zu halten.

„Was war denn, Leon?“, fragte sie noch einmal, als sie abgestiegen war. „Rede doch mit mir.“

„Ich kann nicht“, sagte er. Doch trotz allem, - obwohl sie niemals damit gerechnet hätte, - schaute er sie liebevoll an und strich ihr fast zärtlich über die Wange. „Michi!“, sagte er leise, „verzeih mir“, und fügte hinzu: „Ich melde mich wieder.“

Und dann fuhr er davon und ließ Ela völlig ratlos zurück.

Am nächsten Tag rief Ela Marleen von zu Hause aus an.

„He, wie geht's dir, Turteltäubchen?“, fragte die Freundin gutgelaunt. „Du hast dich eine ganze Zeitlang nicht gemeldet, deshalb gehe ich davon aus, dass du auf der höchsten Welle des Glücks schwimmst. Ihr hattet doch vor, euch zu treffen und verschiedenes zu unternehmen, oder? Jetzt erzähl mal, wie war's denn?"

„Oh Marleen, ich weiß nicht, was los ist."

„Wieso denn das?"

„Irgendwas stimmt mit Leon nicht."

„Hat er sich nicht anständig benommen?"

„Doch…, nein…, manchmal denke ich, er interessiert sich gar nicht wirklich für mich. Vor allem gestern, da hat mich einfach stehenlassen."

„Das mußt du mir näher erklären."

„Es fing alles so schön an, er hat mich geküsst. Ganz vorsichtig allerdings, aber anstatt weiterzumachen, hat er abrupt aufgehört und hat was gemurmelt von: ‚Ich kann das nicht', oder so ähnlich. Danach hat er mich sofort nach Hause gefahren."

„Hast du was Dummes gesagt?"

„Nein, ich habe überhaupt nichts gesagt, ich habe drauf gewartet, dass er mich noch mal küsst. Und nicht bloß so behutsam und schüchtern, sondern richtig. Verstehst du?"

„Worüber könnte er sich denn geärgert haben?"

„Ich weiß es nicht. Zum Abschied war er dann wieder ganz lieb, hat mich zärtlich angesehen und mich ‚Michi' genannt…"

„Und seither habt ihr euch nicht mehr

getroffen?"

„Nein, obwohl er gesagt hat, er meldet sich. Aber bis jetzt hat er sich noch nicht gemeldet."

„Das ist seltsam. Da weiß ich allerdings auch nicht, wie ich dir weiterhelfen kann."

„Ich kann mich doch aber nicht auf die Suche nach ihm machen, wie sähe das denn aus."

„Nein, das kannst du nicht. Und das solltest du auch nicht. Warte einfach ab. Und wenn es vorbei ist, dann ist es halt vorbei, und du mußt das akzeptieren."

„Ich weiß nicht, ob ich das kann." Ela schluckte die ersten Tränen hinunter.

„Weißt du was? Komm zu mir! Ich habe noch eine Tüte Zimtröllchen im Schrank, die hauen wir jetzt auf den Kopf, einverstanden? Dann quatschen wir eine Weile, und dann geht's dir auch bald wieder besser. Leon ist nicht der einzige hübsche Kerl im Umkreis."

Trotz feuchter Augen mußte Ela lachen. „Du hast recht. In einer Viertelstunde bin ich bei dir."

3.

„He, du bist zu früh dran", rief Joe in Richtung Tür, als sie sich öffnete und jemand seinen Kopf hereinsteckte, „ich bin noch nicht ganz soweit. Oder geht deine Uhr vor?"

Ohne hinzusehen wußte er, dass es Leon war, er hatte den Ton seiner Kawasaki erkannt, als sie von der Straße in den Hof eingebogen war.

Als keine Antwort kam, schaute er auf und sah seinen Freund neben der Tür stehen, den Kopf an die Wand gelehnt, die Augen geschlossen.

Er richtete sich auf. „Was ist los, Leon?", fragte er besorgt, während er sich die ölverschmierten Finger an einem Lappen sauberwischte.

„Mir geht's nicht gut", sagte Leon leise, und es sah aus, als wollte er im nächsten Augenblick in die Knie gehen.

Joe sprang auf und war in wenigen Schritten bei ihm, hielt ihn an den Schultern und versuchte, ihn in Richtung eines Schemels zu dirigieren. „Jetzt setz dich erst mal."

Allmählich wurde Leons Atmung wieder

ruhiger und gleichmäßiger.

„Du hättest das Motorrad stehen lassen sollen, wenn's dir nicht gut geht, das habe ich dir schon tausendmal gesagt. Ich hätte dich doch abgeholt, von wo auch immer, das weißt du."

„Ja, aber…"

„Nichts aber! Jetzt erzähl mal. Was war denn los?"

„Ich kann das nicht", sagte Leon.

„Was kannst du nicht?"

„Ich wollte sie küssen. Richtig, meine ich. Nicht nur so flüchtig auf den Mund…"

„Ja und? Warum hast du's nicht getan? Du hast gesagt, du liebst sie. Geht das denn dann nicht wie von selbst?"

Leon schüttelte den Kopf und vergrub sein Gesicht in den Händen. „Du verstehst das nicht."

„Dann erklär's mir." Joe hatte sich auf die Kante einer Werkbank neben ihm gesetzt.

„Wenn es eine andere wäre. Eine Fremde… Aber bei ihr ist das anders. Gerade, *weil* ich sie so sehr liebe. Ich käme mir vor, wie…"

Joe nickte. „Ich kann dir auch sagen, woran das liegt", sagte er. „Das liegt daran, dass du nicht konsequent genug bist, Leon. Du machst halbe Sachen. Du willst beides, - hier dies und dort das. Wenn du mit Ela zusammen bist, bist du gleichzeitig woanders und kannst nicht abschalten. Aber so geht das nicht, du mußt dich endlich entscheiden. Red mit deinem Vater."

Als Antwort seufzte Leon tief, aber er wußte, dass sein Freund recht hatte.

Joe stand auf, holte zwei Flaschen Bier aus dem Kühlschrank, öffnete sie und drückte Leon eine davon in die Hand. Dann fragte er: „Und wie sieht's im Allgemeinen gesundheitlich aus im Augenblick? Ist alles in Ordnung?

„Ja, meistens jedenfalls. Solche Vorfälle wie der jetzt mit Ela, die ziehen einen natürlich runter, aber…"

„Wie gesagt, der einzige, der etwas dagegen tun kann, bist du selbst. Nur du! Also überleg dir's endlich."

„Ich fürchte, ich habe sie ziemlich verstört. Ich muß mir was einfallen lassen, damit sie mir verzeiht."

Joe mußte lachen. „Naja, nichts dürfte einfacher sein, als das: Ein anständiger Kuss, der ihr den Boden unter den Füßen wegzieht…"

Leon lächelte, obwohl ihm gar nicht danach zumute war. Er wollte alles tun, um sie glücklich zu machen, doch er wußte, bevor er es ein zweites Mal versuchen würde, mußte er ganz sicher sein.

„Du darfst nur nicht zu lange warten. Hübsche Mädchen wie Ela sind sehr gefragt. Nicht, dass sie dir einer vor der Nase wegschnappt."

Tagelang sah und hörte Ela nichts von Leon, er rief auch nicht an. Sie wünschte, sie wäre in dieser Zeit allein im Büro gewesen, dann hätte sie ihren Gedanken nachgehen können und nicht darauf achten müssen, dass es vor der Tochter des Chefs so aussah, als sei sie während der Arbeit nicht recht bei der Sache. Obwohl..., genaugenommen rechnete sie eigentlich nicht damit, dass Levina sie beim Chef anschwärzen würde. Doch so genau konnte man das nicht wissen.

Immer wieder mußte sie an Leon und sein seltsames Verhalten denken. Was hatte sein „Verdammt noch mal, ich kann das nicht!" zu bedeuten gehabt? Hatte er mit jemandem eine Wette abgeschlossen, in der es um sie ging? Sollte er sie bei irgendeiner Sache reinlegen und brachte es einfach nicht fertig? Sollte er etwas tun, wovon er wußte, dass ihr das nicht gefallen oder dass ihr das sogar wehtun würde? Hatte

Leon mit Felix, ihrem letzten Freund, mit dem sie Schluß gemacht hatte, gewettet, dass er sie verliebt machen könnte, und vielleicht sogar noch mehr, und jetzt machte er einen Rückzieher? - Möglich, sagt sie sich, aber irgendwie passte das alles nicht zu ihm. Zu Felix hätte das vielleicht gepasst, aber nicht zu Leon. War er deshalb so verzweifelt? Oder verärgert?

Levina war plötzlich hinter ihrem PC hervorgekommen und hatte sich eine Tasse Kaffee aus der Kanne, die auf dem Sideboard stand, eingeschenkt. Ela war das insofern peinlich, weil sie gerade in diesem Moment dasaß und sich die Hände vors Gesicht hielt.

„Ich habe heute Kopfweh", entschuldigte sie sich. „Ich habe schon eine Tablette genommen."

„Das tut mir leid", antwortete Levina, das war alles, was sie dazu zu sagen hatte, bevor sie wieder in ihre Arbeit eintauchte. Das war Ela einerseits recht, denn sie und Levina kannten sich nicht gut genug, um über private Dinge zu reden. Andererseits hätte sie an einem Tag wie diesem, an dem ihr Leon nicht mehr aus dem Kopf ging und ihr Herz schwer wie Blei war, gern eine Kollegin gehabt, der sie ihr Herz hätte ausschütten können. Sie hätte zu den anderen

Kolleginnen hinübergehen können, doch die waren ein so alberner Haufen, - wahrscheinlich hätten sie sie gar nicht ernst genommen und verstanden. Liebeskummer waren sie von Ela einfach nicht gewöhnt.

Levina hatte auf ihrer Rechenmaschine einen langen Posten zusammengerechnet und war gerade dabei, das Ergebnis zu überprüfen, als Ela zufällig zu ihr hinübersah und es ihr wie Schuppen von den Augen fiel. Jetzt wußte sie, was ihr an Leon so bekannt vorgekommen war: Es war der Finger, der manchmal nachdenklich über seine Schläfe strich. Das war seltsam, Leon machte das, und Levina machte das auch.

Sie überlegte. Natürlich, dafür konnte es nur eine logische Erklärung geben: Sie waren miteinander verwandt. Aber wie? Cousins vielleicht? Oder gar Geschwister?

Möglicherweise wussten sie selbst gar nichts davon, sagte sich Ela. Von Levina war bekannt, dass ihre Mutter starb, als sie noch ein kleines Mädchen war, - Leon hatte erzählt, seine Mutter hätte die Familie verlassen. Konnte es nicht so gewesen sein, dass D-D nach dem Tod von Levinas Mutter ein Verhältnis mit Leons Mutter angefangen hatte? - Doch nein, dann gäbe es nicht die gleiche Angewohnheit bei beiden. Es sei denn, Leon war das Ergebnis dieses Verhältnisses. Vielleicht war Leons Mutter D-Ds zweite Frau gewesen, hatte es aber, obwohl sie schwanger war, nicht länger bei ihm ausgehalten und war ihm noch vor Leons Geburt davongelaufen… Dann wäre D-D *der* Vater, von dem Leon gesagt hatte, er sei nie zufrieden mit ihm gewesen. - Aber halt! Leon hatte auch gesagt, er hätte keine Geschwister. Demnach mußte D-D zwar für ihn gesorgt haben, jedoch nur finanziell. Er hatte seinen Kindern aber nie gesagt, dass sie Geschwister hatten. - Somit wußte Leon weder etwas von einer Schwester, noch wußte Levina etwas von einem Bruder.

Ela lehnte sich zurück und seufzte tief. Vielleicht war die ganze Mohnhaupt-Geschichte gar nicht so verzwickt, wie es für sie jetzt den Anschein hatte. Vielleicht kannten sich die beiden Geschwister längst, - ohne, dass der Vater davon wußte und ohne, dass er es erfahren sollte. Nur: Leon schien keine Ahnung zu haben, dass sie, Ela bei seinem Vater arbeitete, und Levina wußte nicht, dass sie ihren Bruder kannte und sich sogar in ihn verliebt hatte.

Levina war aufgestanden, hatte ihre Sachen

zusammengeräumt und ihre Tasche genommen. „Ich gehe jetzt, ich habe noch etwas zu erledigen", sagte sie zu Ela, und dann verließ sie das Büro.

Ela schaute auf die Uhr, in einer halben Stunde hatte auch sie Feierabend.

Noch immer spukte ihr die Geschichte der Mohnhaupt-Geschwister im Kopf herum, deshalb hatte sie plötzlich die Idee, dass die beiden sich vielleicht jetzt treffen könnten. Es war Freitag und ziemlich spät für einen Firmenbesuch. Obwohl es Levina gewohnt war, diesbezüglich flexibel zu sein und sich danach zu richten, wann es den Mandanten am besten passte, gab es Ela doch zu denken, dass sie diesmal nicht den Namen einer Firma genannt hatte, als sie ging. ‚Ich habe noch etwas zu erledigen', hatte sie gesagt, deshalb war es durchaus möglich, dass sie an diesem Abend etwas Privates vorhatte.

Ela ärgerte sich darüber, dass sie sich nicht gleich entschlossen hatte, ebenfalls zu gehen. Wenn sie nun in die Garage kam, war Levina wahrscheinlich längst weg. Aber egal, sie hatte jetzt auch keine Lust mehr. Auch sie räumte ihre Sachen zusammen, sie würde am Montagmorgen eine halbe Stunde früher kommen, das war durchaus üblich im Büro, wenn man abends einmal früher gehen mußte. Und die Kollegen im anderen Büro würden das dem Chef sagen, falls er nach ihr fragen sollte.

Und dann ging auch sie.

Sie war erstaunt, denn als sie in die Garage kam, war Levina immer noch da. Sie saß in ihrem roten Wagen, und es sah so aus, als würde sie in einem Stoß von Papieren oder in einem Aktenbündel blättern und lesen.

Ela versteckte sich hinter einer Säule, sie wollte warten, bis Levina die Garage verließ und ihr dann folgen.

Ein Aktenbündel bedeutete etwas Amtliches, Gerichtliches, und Ela konnte sich nicht vorstellen, dass sie sich am Freitagabend, nach Dienstschluss, noch mit den Problemen eines Mandanten herumschlug. Da war ja noch die Geschichte von den Geschwistern, hinter die sie gekommen war, deshalb war sie überzeugt davon, dass Levina an diesem Freitag genau in diesbezüglich noch etwas vorhatte. Möglicherweise würden sich die beiden Geschwister sogar an diesem Abend noch treffen.

Ela wartete so lange in der Garage, bis Levina sie verließ, dann lief sie eilig zu ihrem eigenen

Auto und fuhr ihr hinterher, - immer darauf bedacht, ihr nicht zu nahe zu kommen, um nicht von ihr entdeckt zu werden.

Levina fuhr nach Geringhofen. Mitten in der Ortschaft bog sie langsam in eine Nebenstraße ein, wurde dann noch langsamer, öffnete die Garage eines Reihenhauses und stellte den roten Wagen darin ab. Als sie ausstieg, machte sich Ela so klein, dass sie nicht von ihr gesehen werden konnte. Aber sie triumphierte, denn sie war sich sicher, auf der richtigen Fährte zu sein, denn in der Garage stand auch Leons Motorrad. Es *mußte* sein Motorrad sein, es war eine Kawasaki.

Sie überlegte, was sie tun sollte. Im Augenblick waren die Geschwister also beide in diesem Haus. Sie wollte noch eine Weile warten und sie dann überraschen. Doch wenn sie versuchen wollte, mit ihnen zu reden, würden sie dann überhaupt verstehen, worum es ihr, Ela, ging? Wären sie nicht vielleicht der Meinung, das alles ginge sie gar nichts an? - Aber Leon war ihr Freund. Aus irgendeinem Grund war er unglücklich, und sie hatte beschlossen, ihm zu helfen, wobei auch immer. Levina war ihre Kollegin, und auch sie schien nicht glücklich zu sein. Vielleicht würde es beiden guttun, Ela als

Verbündete zu haben, sich mit ihr auszusprechen und sich ihr anzuvertrauen.

Es vergingen mehr als zwanzig Minuten, fast eine halbe Stunde… Ganz sicher hatten sie jedesmal, wenn sie zusammen waren, viel zu bereden. Wann würde Levina herauskommen und wieder nach Hause fahren?

Doch stattdessen kam plötzlich Leon aus dem Haus. Er trug sein schwarzes *BlackBoys*-Outfit, stieg auf seine Kawasaki und fuhr davon. Was hatte er vor?

Ela lehnte sich zurück. Jetzt mußte Levina allein im Haus sein. Sie wollte ihr Zeit lassen, sie nicht überfallen. In der Zwischenzeit konnte sie vielleicht etwas anderes, Wichtiges erledigen. Allerdings mußte sie sich beeilen, wenn sie Levina nicht verpassen wollte.

Sie fuhr in die Ortsmitte und sprach einen jungen Mann an. „Ich habe gehört, hier soll es eine kleine Werkstatt für Motorräder geben. Wissen Sie, wo das ist? Ist das hier in der Nähe?"

„Sie meinen, die von Joe?"

„Ja, genau die meine ich."

„Die ist aber nicht hier in Geringhofen, die ist in Weidenfels."

„Oh, danke. Hoffentlich finde ich es."

„Bestimmt, es liegt direkt an der Hauptstraße."

Ela bedankte sich, atmete tief aus und machte sich auf den Weg nach Weidenfels.

Joe schloss gerade die Tür zur Werkstatt ab, als Ela vorfuhr. Auch er trug seine *BlackBoys*-Jacke, und Ela ging davon aus, dass er sich jetzt mit seinen Motorradfreunden treffen wollte. Genau wie Leon auch.

Joe stutze, als sie ausstieg, er schien sie zu erkennen. „Ela?"

„Ja, ich bin's", sagte sie. „Kannst du mir sagen, wo ich Leon finde?"

„N-nein, was ist denn mit ihm?" Er war auf sein Motorrad gestiegen.

„Ich nehme an, ihr habt jetzt ein Treffen. Wenn du mir sagst, wo das ist, dann kann ich selbst hinfahren und mit ihm reden."

Joe schüttelte den Kopf. „Das geht nicht, er kommt heute nicht zum Treffen, er hat was anderes Wichtiges vor."

„Ich muß ihn unbedingt sprechen, das ist *auch* sehr wichtig."

„Ich könnte ihn anrufen. Was soll ich ihm denn sagen?"

„Sag ihm, dass er sich bitte morgen im Laufe des Tages bei mir melden soll."

„Ja, das werde ich ihm ausrichten."

„Kannst du ihn nicht *gleich* anrufen, damit ich weiß, ob er kommen kann oder nicht?"

Ihm schien das nicht zu gefallen, trotzdem zog er sein Handy aus der Tasche und wählte eine Nummer.

Ela ging ein paar Schritte auf ihn zu. „Gib mir doch seine Nummer, dann kann ich selbst mit ihm reden."

„Das kann ich nicht machen, das muß er schon selbst tun." Inzwischen schien er Leon in der Leitung zu haben. Er wandte sich ein paar Schritte von Ela ab. „Leon, die Ela ist hier. - Ja, hier vor meiner Werkstatt. Ich soll dir sagen, dass du dich unbedingt morgen bei ihr melden sollst. - In Ordnung. - Ja, das sage ich ihr. Gut. - Bis morgen dann." Er schob das Handy wieder in seine Jackentasche.

„Er wird sich morgen bei dir melden, sagt er."

„Und jetzt wollte er nicht mit mir reden?"

„Er hatte keine Zeit. Wie gesagt, er hat was Wichtiges vor."

Ela nickte. „In Ordnung. Dann warte ich mal bis morgen."

„Habt ihr euch gestritten? Hat er... etwas zu dir gesagt, was nicht in Ordnung war?"

Ela schüttelte den Kopf. „Nein, nein." Sie sah

nicht ein, dass Joe genau erfahren mußte, worum es ging. „Es ist alles in Ordnung.“

„Dann mach's gut, Ela.“

„Ja, du auch.“ Sie stieg wieder in ihr Auto und fuhr vom Hof, und dann in Richtung Landstraße, die zurück nach Geringhofen führte.

Als sie zum Haus zurückkam, in dem sie Levina vermutete, hatte sich nichts verändert. Sie hätte sich geärgert, wenn sie inzwischen weggefahren wäre, aber das rote Auto stand noch immer in der Garage, das Motorrad blieb auch weiterhin verschwunden.

Ela hatte einige Meter vom Haus entfernt gehalten und den Wagen so geparkt, dass man nicht auf den ersten Blick erkannte, dass es ihr Auto war. Sie stieg aus und lief betont schnell bis vor die Haustüre. Sie fürchtete, dass, wenn sie zu langsam lief, Levina sie eventuell von einer der Wohnungen aus erkennen konnte und sie möglicherweise nicht einließ.

Doch noch wußte sie ja gar nicht, wo in diesem Haus und auf welcher Etage sie sich aufhielt. Obwohl sechs Klingeln an der Haustüre angebracht waren, was bedeutete, dass es sechs Mietparteien gab, hatte Ela keinen der Namen jemals zuvor gehört oder gelesen. Sie ärgerte sich, weil sie Leon nicht nach seinen

Nachnamen gefragt hatte. Auch Mohnhaupt, Levinas Name, stand nirgendwo, daher wußte sie nicht, wo sie suchen sollte.

Sie wartete, bis jemand aus dem Haus kam, es war eine ältere Frau. „Können Sie mir sagen, auf welcher Etage die Frau Mohnhaupt wohnt?"

Die Frau schüttelte den Kopf. „Mohnhaupt? So heißt hier niemand."

„Aber den jungen Mann, dem das Motorrad gehört, den kennen Sie vielleicht?"

Nun nickte sie und lächelt. „Oh ja, das ist der Herr Seidler, der wohnt im ersten Stock."

„Dann kennen Sie die Frau Mohnhaupt vielleicht doch, ihr gehört nämlich das rote Auto in der Garage."

„Ach die." Jetzt erinnerte sie sich. „Ja, sie kommt manchmal zu Herrn Seidler."

„Aha. Danke schön. Jetzt haben Sie mir ja doch ein bisschen helfen können."

Die Frau lächelte und hielt Ela die Haustüre auf.

Im ersten Stock also, dachte sie, und stieg die Treppe hinauf.

Die Klingel hallte schrill durch die Wohnung, als sie auf den Knopf über dem Namen *Seidler* drückte. Sie versuchte, ruhig und tief durchzu-atmen, während sie wartete. Vom Inneren war allerdings keine Bewegung zu hören. Sie versuchte es noch einmal, drückte ein wenig länger auf den Klingelknopf, doch wieder nichts. Keine Schritte, nur der schrille Klingelton. Ela wunderte sich. Das rote Auto war noch da, also mußte doch auch Levina noch da sein?

Nach einer Viertelstunde kam die Hausbewohnerin zurück und war erstaunt, dass Ela immer noch vor der Tür stand. „Hat sie nicht aufgemacht?" fragte sie.

Ela schüttelt den Kopf. „Nein, obwohl das rote Auto immer noch dasteht."

„Dann ist sie sicher abgeholt worden, oder sie ist mit dem Herrn Seidler mit dem Motorrad unterwegs."

„Das kann nicht sein, ich habe ihn wegfahren sehen, da war er alleine."

„Na, dann ist sie eben doch abgeholt worden. Entweder warten Sie, bis sie zurückkommen, oder sie kommen morgen noch mal wieder."

„Ja, danke." Ela lächelte, aber sie dachte fest entschlossen: ,Ich werde mich so lange nicht von der Stelle rühren, bis einer von beiden zurückkommt.'

Die Frau stieg noch eine Treppe höher, und Ela hörte ihre Flurtür ins Schloss fallen. Jetzt blieb ihr wirklich nichts anders übrig, als zu warten.

Eine andere Möglichkeit gab es nicht, wollte sie noch an diesem Abend einen Schritt weiterkommen.

Im Grunde wußte sie ja eh' schon alles, dachte sie. Was sollte es anderes zwischen den beiden sein, als dass sie Cousins oder Geschwister waren? Sie brauchten es ja nur zuzugeben.

Sie liebte Leon, auch wenn er sich aus unerklärlichen Gründen seltsam verhalten hatte. Er war ihr nicht böse gewesen, also mußte es andere Gründe dafür gegeben haben. Inzwischen mochte sie auch Levina. Es war nicht ihre Schuld, dass sie so geworden war, wie sie war. Dahinter steckte ihr Vater.

Ela setzte sich auf die letzte Stufe der Treppe, die in den ersten Stock führte und wartete.

Die Sonne war bereits am Untergehen und im Treppenhaus war es dämmrig geworden, als vor dem Haus Motorengeräusch zu hören war. Ela erschrak, blieb aber sitzen und richtete sich nur ein wenig weiter auf. Sie hörte, wie die Haustüre aufgeschlossen wurde, Schritte kamen herauf, und dann blieb Leon auf halber Treppe stehen, als er sie dort sitzen sah.

„Ela! Was machst du denn hier?," fragte er.

Sie hatte befürchtet, er könnte böse sein, weil

er sich verfolgt fühlte oder den Eindruck hatte, sie wollt ihm nachspionieren, aber er hörte sich weder böse noch ärgerlich an. Eher etwas müde.

„Wo ist Levina?", fragte sie rund heraus.

„Levina?"

„Ja, ihr Auto steht doch noch da."

„Ach so, ja." Er kam vollends die Treppe herauf, ging an ihr vorüber und schloss die Wohnungstür auf. „Jetzt komm erst mal rein."

In dem schmalen Korridor hängte er seine *BlackBoys*-Jacke auf und ging dann weiter in ein kleines Wohnzimmer.

„Wohnst du hier?", fragte sie ihn.

Er nickte. „Ja. - Setzt dich doch."

„Schon lange? Ich meine, wohnst du schon lange hier?"

Er nickte wieder. „Ja, seit etwas mehr als einem Jahr."

Das Wohnzimmer war einfach eingerichtet, enthielt aber alles, was üblich war: Eine Couchgarnitur, eine Schrankwand mit Büchern, verschiedene Phonogeräte, einen Fernseher...

Er schob einen Vorhang zur Seite, der in eine angrenzende Kochnische führte. „Was möchtest du trinken? Apfelsaft habe ich allerdings keinen." Er lächelte. „Aber

Orangensaft oder Cola“

„Cola wäre in Ordnung.“

Er nahm Gläser aus einem Schrank, füllte sie mit Cola und kam mit ihnen zurück ins Wohnzimmer.“

„Ich weiß, ich bin dir eine Erklärung schuldig, nachdem ich dich neulich einfach so hab stehenlassen.“

„Nicht nur dafür. Ich möchte auch wissen, wo Levina ist. Und vor allem, warum sie überhaupt hier ist.“

„Warum willst du das wissen?“

„Sie ist meine Kollegin, inzwischen wirst du das ja auch herausgefunden haben. Manchmal verhält sie sich recht merkwürdig, aber irgendwie hat sie Probleme. Es muß ja einen Grund für sie geben, sich hier mit dir zu treffen.“

„Sie ist nicht da.“

„Aber ihr Auto steht unten. Wann kommt sie denn zurück?“

„Das weiß ich nicht.“

„Übernachtet sie dann auch hier?“

Er wandte sich von ihr ab und ging kurz in die Miniküche. „Vielleicht.“

„Was heißt das?“

Er gab ihr keine Antwort.

Plötzlich fuhr ihr ein entsetzlicher Gedanke

durch den Kopf. Was wäre, wenn sie weder Geschwister noch Verwandte wären, sondern ein Paar? Hatte er sich deshalb bei ihrem letzten Treffen so seltsam verhalten, weil er nicht frei war? Weil er nicht wußte, wie er Levina beibringen sollte, dass er sich in sie, Ela, verliebt hatte? Weil er wußte, dass Levina das niemals akzeptieren würde?

Sie hatte Tränen in den Augen. Das hätte er ihr doch sagen können, sie hätte sich doch niemals zwischen sie gedrängt, wenn sie gewußt hätte, was los war.

Sie stand auf. „Leon, es tut mir leid. Ich habe das nicht gewußt, dass ihr beide… Warum hast du es mir denn nicht gesagt?"

„Was denn gesagt, Ela?" Er schaute sie fragend an. „Ich habe keine Ahnung, was du meinst."

„…dass ihr ein Paar seid…"

„Ein Paar? Levina und ich?" Er atmete tief. „Wenn es nicht so traurig wäre, würde ich jetzt lachen."

„Lachen? - Leon, rede mit mir. Seid ihr zusammen, oder nicht? Irgendetwas gibt es doch, das euch miteinander verbindet. Seid ihr verwandt oder Geschwister? Oder doch ein Paar?"

Leon setzte sich in einen Sessel und bedeckte sein Gesicht mit den Händen. „Oh mein Gott!“, war alles, was er herausbrachte.

Ela wartete. Würde sie nun endlich erfahren, was los war?

Nach einer Weile richtete sich Leon wieder auf. „Du hast recht, es wird Zeit, dass du endlich die Wahrheit erfährst.“

Sie schwieg, doch sie dachte: ‚Ja, es ist nun wirklich Zeit.‘

„Aber die Wahrheit wird dir nicht gefallen, Ela“, sagte Leon, und trotz der Zärtlichkeit, mit der er sie ansah, war da eine unbeschreibliche Traurigkeit in seinem Blick. „Du wirst mich dafür hassen! Du wirst aufstehen und gehen und nichts mehr von mir wissen wollen.“

Einen Augenblick lang schwieg er, bevor er hinzufügte: „Aber vorher möchte ich dir noch eines sagen: Ich liebe dich über alles.“

Ela wußte nicht, welche schlimme Wahrheit das sein könnte, die er ankündigte, trotzdem lächelte sie. „Ich liebe dich auch, Leon, und zwar vom ersten Augenblick an, als du mir den Apfelsaft über das T-Shirt gekippt hast...“

Auch er mußte lächeln bei der Erinnerung daran. Dann stand er auf. „Komm mal mit,“ sagte er. Er öffnete die Tür zu einem anderen

Zimmer, das mehr einem Gästezimmer glich, als einem Schlafzimmer im üblichen Sinne: Eine Liege mit bunten Kissen, ein halbhoher Schank, ein Sideboard und ein großer Kleiderschrank.

„Ist das Levinas Zimmer?", fragte Ela.

„Nein, das ist meines", war die Antwort, „aber es ist Levinas… Depot."

„Ihr Depot?"

„Ja, die eine Hälfte des Schrankes gehört ihr, darin hat sie all die Sachen, die ihr gehören."

Und während er das sagte, öffnete er eine Seite des großen Kleiderschrankes, und darin hingen alle Kleidungsstücke, die Ela in den vergangenen Wochen und Monaten von Levina kannte. Auch der beigefarbene Hosenanzug war dabei, der enge schwarze Rock, die Blumenmusterbluse…

„Also wohnt sie doch…?"

„Nein."

Sie wußte nicht, was das zu bedeuten hatte, was er ihr sagen wollte. Doch dann sah sie in dem Fach über den Kleidungsstücken das Modell eines Kopfes, und dieser Kopf trug langes dunkles Haar und eine große braune Hornbrille.

Wie versteinert stand sie da und starrte auf die Dinge vor sich, - während er regungslos hinter ihr stand und damit zu rechnen schien, dass sie sich wütend umwandte, dass sie schimpfen und ihn anschreien würde. Oder alles zusammen. Und vor allem, dass sie gehen würde.

Aber sie blieb ganz ruhig stehen. Sie hatte verstanden.

Als sie sich nach ihm umschaute, trafen sich ihre Blicke. „Ich kann nichts dafür, dass ich dich trotzdem noch liebe", sagte sie leise, und sie fügte hinzu: „Versteh' mich nicht falsch. Ich liebe nicht Levina. Ich liebe *dich*, Leon."

Er lächelte. „Das ist schon mehr, als ich zu hoffen gewagt habe", antwortete er ebenso leise. Eine Sekunde lang schloss er die Augen und atmete tief. Sie war nicht weggelaufen. Regungslos standen sie einander gegenüber. „Darf ich dich in den Arm nehmen?", fragte er. Sie nickte. „Ja. Nimm mich in deine Arme. Ganz fest, damit ich begreife, dass sich nichts zwischen uns geändert hat."

Und er hielt sie ganz fest und küsste sie zärtlich, - ganz sanft zuerst, doch dann legte er alles in diesen Kuss, was sich an Liebe für sie in ihm aufgestaut hatte. Und sie erwiderte ihn und gab ihm das zurück, wovon er schon so lange geträumt hatte.

„Darf ich heute Nacht bei dir bleiben?", fragte sie leise.

„Ja. Ja, natürlich! Ich kann mir nichts Schöneres vorstellen. Aber..."

„Aber?"

„Du mußt wissen, dass ich noch mitten in der Behandlung bin, sie ist immer noch nicht abgeschlossen. Du darfst also nicht enttäuscht sein, wenn es noch einiges gibt, woran du dich vielleicht erst noch gewöhnen mußt..."

„Das macht nichts, ich liebe dich doch. Ich werde dir dabei helfen und immer für dich da sein."

Für Ela gab es so viele Fragen, und Leon scheute sich nicht, ihr auf alle eine Antwort zu geben. Über Stunden saßen sie auf der Liege, hielten sich im Arm und redeten. Aber es war Wochenende, und sie hatten Zeit, und erst als der Morgen dämmerte, als ihnen allmählich die Worte ausgingen und nur noch die Liebe blieb, ließen sie es zu, dass ihnen die Augen zufielen und sie in ihre Träume sanken.

4.

„Hast du jetzt endlich herausgefunden, was mit Leon los war?“, fragte Marleen die Freundin, als sie bei Kaffee und Zimtröllchen in dem kleinen Kabuff beisammensaßen. „Warum hast du es mir am Telefon nicht sagen wollen?“

„Nicht sagen *können*!“, versicherte ihr Ela. „Da ist so vieles passiert, das hätte ich gar nicht so in Worte fassen können, dass du es auf's erste Mal gleich verstanden hättest.“

Marleen zog ein langes Gesicht. „Jetzt stellst du mir aber ein Armutszeugnis aus“, maulte sie.

„Nein, nein“, fuhr Ela dazwischen, „so ist das nicht. Wenn du erst einmal weißt, worum es geht, wirst du mir recht geben.“

„Also, dann spann mich nicht länger auf die Folter. Du warst damals so niedergeschlagen, weil er dich einfach hat stehenlassen und weggefahren ist.“

„Anstatt mich zu küssen, wo ich doch so sehr darauf gewartet hatte.“

„Genau, anstatt dich endlich zu küssen.“

Ela wurde plötzlich ganz ernst. „Marleen, Leon und ich, wir haben die letzte Nacht zusammen verbracht."

„Na also, dann mußt du dir ja jetzt keine Sorgen mehr machen."

„Aber es war ganz anders, als du es dir vorstellst."

„Nicht schön?" fragte Marleen mitfühlend?

Ela lächelte. „Oh doch, es war sogar sehr schön."

„Na also! Mit Küssen, wie du sie dir gewünscht hast?"

„Ja, mit Küssen, wie ich sie mir gewünscht habe. Aber…"

„Aber?" Marleen verstand nicht, wieso es da ein Aber geben konnte.

„Ich liebe Leon wirklich sehr, und ich werde alles für ihn tun, was in meiner Macht steht. Aber um für immer mit ihm zusammen glücklich zu sein, wird uns das noch viel Kraft kosten."

Marleen schaute sie bestürzt an. „Warum denn das? Du sagst das so ernst."

„Das *ist* ernst. Weil Leon und Levina ein- und dieselbe Person sind."

„Sie sind was…?" Marleen verstand nicht gleich, sie schaute Ela nur erschrocken an.

„Du hast richtig gehört. Levina wird eines

Tages Leon sein, aber bis dahin ist es immer noch ein weiter Weg. Das geh nicht so schnell.“

„Aber ich kenne Leon doch, und so, wie du mir Levina beschrieben hast…“

„So, wie ich Levina im Büro als meine Kollegin kennengelernt habe…, das war eigentlich weder Leon noch Levina. Für Leon war das nur eine Art Verkleidung, weil er Angst hatte, mit seinem Vater darüber zu reden und sich ihm gegenüber zu outen. Diese Angst hat er immer noch, sie blockiert ihn. Aber die muß er überwinden, und ich werde ihm dabei helfen. Es *muß* sein, denn inzwischen ist er längst viel mehr Leon, als Levina. Er hat schon so viel dafür getan, so viel auf sich genommen. Sein Vater hat nicht das Recht, ihm im Wege zu stehen.“

„Oh mein Gott, was hat er denn da schon alles machen müssen? Ich habe überhaupt keine Ahnung, hab mich nie zuvor mit diesem Thema beschäftigt.“

„Angefangen hat es wohl mit stundenlangen psychologischen Gesprächen, aber das ist schon über ein Jahr her. Erst nachdem er den Psychologen davon überzeugen konnte, dass es ihm ernst war und dass er für immer Leon bleiben wollte, hat der zugestimmt, mit der Hormontherapie zu beginnen.“

„Hormontherapie?"

„Ja, Frauen bekommen Androgene, dazu gehört das Testosteron, - du hast sicher schon davon gehört. Dadurch nimmt die Brust ab, die Stimme wird tiefer und der Körperbau allmählich männlicher und muskulöser. Und auch der Haarwuchs beginnt am Körper und im Gesicht."

„Oh je, und wie lange dauert es, bis das alles abgeschlossen ist? Das kann ja ewig dauern, oder…?"

Ela nickte. „Das ist sicher unterschiedlich, je nach Typ und nach körperlicher Verfassung. Das Testosteron muß er sein Leben lang nehmen, weil der Körper ja selbst keine männlichen Hormone produzieren kann. Aber das ist kein Problem. Überleg mal, wie viele Menschen ihr Leben lang Medikamente einnehmen müssen, ohne die sie vielleicht gar nicht leben könnten. Bei Leon haben die Hormone inzwischen gut angeschlagen, der Arzt sei sehr zufrieden mit dem Verlauf, sagt er. Überleg doch mal, wir haben nichts bemerkt, als wir ihm das erste Mal begegnet sind. Niemand, der nicht bescheid weiß, wird etwas merken. Aber trotzdem ist es nicht einfach für ihn. Manchmal hat er Phasen, in denen es ihm psychisch gar nicht sehr gut geht.“

„Zum Glück hat er ja dich.“

„Ja, ich werde immer für ihn da sein, wir werden das gemeinsam schaffen.“

„Ich finde das großartig von dir. Im Allgemeinen hat man nur wenig Verständnis dafür, wenn jemand lesbisch oder schwul ist...

„Marleen, du siehst das falsch. Levina war nie lesbisch.“

„Aber…“

„Nein. Sie hat sich schon immer männlich gefühlt, von klein auf. Nur leider war sie im falschen Körper. Das ist ein riesengroßer Unterschied.“

„Ja, du hast recht. Als Außenstehender denkt man normalerweise gar nicht so intensiv darüber nach. - Aber… könnt ihr denn wirklich glücklich miteinander sein? Ich meine, muß er sich dafür nicht operieren lassen?“

Ela lächelte wieder. „Es gibt so viele Möglichkeiten, um einander glücklich zu machen. Natürlich kann er sich auch operieren lassen, aber das muß seine eigene Entscheidung sein. Irgendwann. Da werde ich ihm nicht reinreden.“

„Und …, könnt ihr eines Tages auch Kinder haben?“

„Kinder kann man immer haben, Marleen. Es gibt Samenspender, oder man kann ein Kind adoptieren. Wenn der Wunsch nach einem Kind groß genug ist, wird man sich automatisch überlegen, welche Möglichkeiten man hat, und man wird den richtigen Weg finden. Aber ich denke, im Augenblick müssen wir uns darüber noch keine Gedanken machen. Wir sind noch jung und haben noch viel Zeit.“

Marleen stand auf und nahm Ela in den Arm. „Ich wünsche euch beiden alles erdenklich Gute. Und wenn ihr irgendwann meine Hilfe brauchen solltet, dann meldet euch. Ich werde immer für euch da sein.“

Die nächsten Tage waren ganz normale Arbeitstage im Steuerbüro Mohnhaupt, - und doch war alles anders.

Ela hatte ein paar Nächte nicht mehr richtig geschlafen, dadurch fühlte sie sich müde und gerädert und konnte auch nicht mehr richtig essen. Das lag nicht nur daran, dass inzwischen klar war, dass ihr Leben jetzt ein wenig anders weitergehen würde, als bisher…, vor allem hatte sie ein bisschen Angst vor Levina, und solange Leon weiterhin als Levina im Büro erschien, konnte sie sich weder auf ihn noch auf ihre neue Rolle einstellen.

Als sie am Morgen das Gebäue betrat, kam ihr Dr. Mohnhaupt auf der Treppe entgegen. ‚Auch das noch‘, dachte sie verzweifelt, aber es gab keine Möglichkeit, ihm auszuweichen.

„Oh, guten Morgen, Ela. Wie geht es Ihnen? Ich glaube, wir sollten uns mal wieder zusammensetzen.“

„Ja“, antwortete sie, aber sie dachte: ‚Eigentlich sollte Leon mit ihm reden und ihm endlich die Wahrheit sagen.‘

Doch zum Glück hatte der Doktor an diesem Morgen keine Zeit. „Heute nicht, Ela, heute bin ich außer Haus. Vielleicht morgen? - Halten wir das mal fest, morgen früh um zehn Uhr? Ist das in Ordnung?“

Vielleicht war das die Chance für Leon, endlich mit seinem Vater zu reden, dachte sie. Sie mußte ihn unbedingt dazu bringen, als Leon im Büro zu erscheinen. Wenn Levina es nicht fertigbrachte, ihrem Vater entgegenzutreten, dann würde sie, Ela, es tun, das hatte sie sich fest vorgenommen. Vielleicht wäre er ihr eines Tages sogar dankbar dafür.

Levina war schon da, als sie ins Büro kam, sie hatte sich schon wieder hinter dem PC verkrochen.

„Guten Morgen", sagte Ela in den Raum hinein.

Levinas Gesicht kam hinter dem Monitor hervor. Sie lächelte. „Guten Morgen."

Sie trug einen kleinkarierten Rock und eine weiße Bluse dazu, das hatte sie schon lange nicht mehr angehabt. Ela hatte nur flüchtig hingesehen, mußte aber zugeben, dass es eigentlich recht hübsch aussah. Jedenfalls für eine junge Frau, sagte sie sich.

Auch sie zog sich hinter ihren PC zurück.

„Hast du letzte Nacht ein bisschen besser geschlafen?", fragte Levina.

„Ich schlafe überhaupt nicht mehr sehr gut."

„Ich auch nicht."

Mit einem Ruck drehte Ela ihren Stuhl in Richtung der Kollegin. „Levina, du mußt mit deinem Vater reden", sagte sie.

„Das geht nicht."

„Warum nicht?"

„Er wird mich rausschmeißen."

„Aber du wohnst doch schon gar nicht mehr bei ihm."

„Aus der Firma."

„Du bist ein ausgesprochen guter Steuerberater, das weiß auch dein Vater. Er wird nicht so dumm sein, dich rauszuschmeißen.“

„Er hat keine Ahnung, dass ich ein guter Steuerberater bin. Und unter diesen Voraussetzungen kann er gar nicht anders, selbst, wenn es ihm nur Nachteile bringen sollte.“

„Dann suchst du dir einen anderen Job.“

„Er wird dafür sorgen, dass ich in keinem anderen Steuerbüro mehr Fuß fassen kann.“

„Dann gehe in die Industrie, in die Wirtschaft. Steuerberater sind überall gefragt.“

Levina nickte gedankenverloren. „Vielleicht hast du recht.“

„Nicht nur vielleicht, ganz *sicher* habe ich recht. Vor ein paar Minuten hat mich dein Vater auf der Treppe wieder angehalten. Er will wissen, inwieweit ich dich schon ein bisschen beeinflusst habe. Morgen früh will er mit mir über dich reden.“

Levina lachte. „Dann sag ihm irgendwas.“

Ela schüttelte den Kopf. „So geht das nicht. Das ist nicht zum Lachen, Levina.“

„Und nenn mich nicht dauernd Levina.“

„Du *bist* Levina. Hier im Büro bist du Levina und wirst es immer bleiben, solange du nicht mit deinem Vater geredet hast.“

„Aber warum denn? Wenn wir zwei hier allein

sind…“

„Darum geht es nicht. Ich liebe dich nicht, Levina. Ich liebe Leon, verstehst du das nicht? Ich liebe ihn mehr, als alles auf der Welt. Aber schau doch in den Spiegel, - der Leon, den ich liebe, den gibt es hier nicht.“

„Wichtig ist doch der Mensch, der drinsteckt, nicht derjenige, den er darstellt.“

„Du machst es dir zu einfach. Was ist, wenn der Mensch, der drinsteckt an fünf Tagen die Woche über die gesamte Arbeitszeit nicht zu sehen ist, weil er eine Verkleidung trägt? Und zwar eine, die mir nicht gefällt? Du mußt auch an mich denken. Ich halte das nicht aus.“

Levina griff nach ihrer Hand, aber Ela entzog sie ihr. „Wie gesagt, morgen will dein Vater mit mir über dich reden. Er will wissen, ob du dir schon ein bisschen von meiner Weiblichkeit abgeguckt hast.“ Sie lachte, aber es war ein ärgerliches Lachen. „Das ist eine einmalige Chance, mit deinem Vater zu reden. Wenn dir ein kleines bisschen an mir liegt, dann komme morgen als Leon ins Büro.“

„Und dann?“

„Mach dir keine Gedanken darüber, überlass das mir. Wenn du nicht mit ihm reden kannst, dann werde ich es tun. Du mußt nur da sein, er muß dich sehen. Versprich mir, dass Leon morgen da ist."

„Ich weiß nicht…"

„Wenn Leon mich wirklich liebt, wird er kommen."

Levina atmet tief. „In Ordnung, ich komme".

„Nicht *du*! *Er* muß kommen."

„Ja, gut."

„Versprichst du's?"

„Ja, ich versprech's."

Am nächsten Tag rief Ela D-D an, anstatt darauf zu warten, dass er sich bei ihr meldete. Er schien in Eile zu sein. „Ja, Ela, was gibt's denn?"

„Sie wollten doch heute mit mir reden, Herr Doktor."

„Ja, das ist richtig, aber… das müssen wir noch einmal verschieben, ich habe keine Zeit."

„Es *muß* sein, das können wir nicht verschieben."

Er war verwundert. „Vielleicht auf morgen früh?"

„Nein, Herr Doktor, es ist wirklich sehr wichtig, es geht um Levina."

„Was ist denn mit ihr? - Egal, die Unterredung müssen wir trotzdem verschieben."

„Nein, ich komme jetzt zu Ihnen rüber, und ich bringe Ihnen jemanden mit."

„Warum das? Und…, naja, wenn es nicht zu lange dauert…"

Diesmal war es Ela, die auflegte, bevor er viel dazu sagen konnte. Sie wandte sich an Leon, der an Levinas Schreibtisch saß und vor Aufregung kreidebleich war.

„Leon!", sie schaute ihn liebevoll an. „Komm! Es *muß* sein."

An der Tür blieb sie stehen und wartete, bis er neben ihr stand, dann küsste sie ihn zärtlich. „Es wird alles gut werden", sagte sie, „so oder so."

Er folgte ihr bis zum Ende des Flures zum Chefbüro. Ela klopfte, öffnete aber die Tür, bevor er ‚Herein!' gerufen hatte. Sie hatte sich schließlich angemeldet.

D-D schaute ihnen verwundert entgegen.

„Wen haben Sie mir denn da mitgebracht?" fragte er und streckte Leon die Hand zur Begrüßung entgegen.

„Das ist mein Freund Leon", antwortete sie, während ihr Begleiter am liebsten davongelaufen wäre.

D-D lächelte. „So, so, Ihr Freund. Hat das einen bestimmten Grund, dass Sie ihn mir vorstellen möchten? Er kann übrigens sehr stolz auf Sie sein, Sie sind eine meiner besten Mitarbeiterinnen." Und an Leon gewandt fügte er hinzu: „Sie ist ein sehr kluges Mädchen."

Leon hatte sich ein wenig gefangen. Er lächelte. „Ja, ich weiß."

„Er ist auch sehr klug", sagte Ela, „er ist nämlich auch Steuerberater."

„Na sowas! Dann passt ihr ja gut zusammen."

Ela wunderte sich, war aber auch traurig, weil D-D nicht zu bemerken schien, wen er vor sich hatte. Sie warf Leon einen schnellen Blick zu, wie mußte er sich in dieser Situation fühlen?

„Ja, wir passen gut zusammen", meinte sie, „deshalb finde ich es auch großartig, dass er demnächst hier in Ihrem Büro arbeiten wird."

D-Ds Lächeln schwand, er spürte, dass man etwas mit ihm vorhatte. „Was meinen Sie damit?" Er sah von einem zum anderen. „Würde mir mal jemand sagen, was hier gespielt wird?"

„Natürlich. Da Levina demnächst das Büro verlassen wird, brauchen Sie Ersatz…"

„Wie kommen Sie darauf… Wer hat gesagt… Hat *sie* Ihnen das gesagt, dass sie gehen wird?" Auf seiner Stirn hatte sich eine tiefe Falte gebildet. „Das soll mir Levina selber sagen. Wo ist sie überhaupt? Wenn Sie schon über ihren

Kopf hinweg…"

Leon trat einen Schritt vor. „Weder über meinen, noch über deinen Kopf hinweg, Vater", sagte er. „Du wirst dich daran gewöhnen müssen, dass ich jetzt ein bisschen anders aussehe."

D-D riss die Augen auf, aber nicht der Deut eines Erkennens huschte über sein Gesicht. Er kannte Levina nur mit der dicken Brille und den langen dunklen Haaren, er schien gar nicht zu wissen, wie sie wirklich aussah.

„Wenn man versucht, mir irgendetwas unterzujubeln, dann…"

„Das will niemand", sagte Ela ganz ruhig, und Leon meinte: „Wer weiß, wann du mich das letzte Mal bewußt angesehen hast, wenn du mich jetzt nicht einmal erkennst."

Der Doktor-Doktor kam ins Schwimmen. „Levina? Bist *du* das? - Warum hast du das gemacht? Wo sind deine schönen langen Haare. Willst du mich einfach nur ärgern?"

„Nein, keineswegs. Der, den du hier vor dir siehst, das bin ich. Schon lange. Bisher habe ich mich nur verkleidet, wenn ich zur Arbeit ins Büro gekommen bin."

„Aber warum? - Ela, haben Sie das gewußt?"

„Nein, ich habe es auch erst vor kurzem

erfahren.“

„Geht das schon lange so? Levina, du bist eine junge Frau. Warum willst du jetzt herumlaufen wie ein Mann. Was sollen denn die Leute denken? *Unsere* Mandanten…?“

„Ich werde meine Arbeit weiterhin so machen, wie bisher, und ich werde sie genauso gut machen, wie bisher.“

„Aber sie werden Anstoß daran nehmen, wenn du so verändert vor ihnen erscheinst. Sie werden über uns reden, über dich lachen…“

Jetzt mischte sich auch Ela wieder ein. „Nein, niemand wird lachen oder reden“, sagte sie, „denn niemand muß Einzelheiten erfahren. Levina wird offiziell ihr Büro verlassen und als Ersatz stellen Sie Leon Seidler ein. Das kann ganz unproblematisch vor sich gehen. Die Mandanten werden bald merken, dass Leon genauso kompetent ist, wie es Levina gewesen ist.“

Und Leon fügte lächelnd hinzu: „Und sie werden nicht mehr mit mir flirten oder mich dazu überreden wollen, mit ihnen auszugehen.“

„Aber vielleicht die Damen?“ warf Ela mit einem verschmitzten Lächeln ein, doch Leon legte seinen Arm um ihre Schultern. „Nein, auch die Damen haben keine Chance. Wir gehören zusammen, in Sachen Arbeit wie auch privat.“

"Ela, was soll das heißen. Ihr beide…, seid ihr etwa …? Sind Sie auch…?“

„Ja, wir sind ein ganz normales Paar. Und nein, ich stehe nicht auf Frauen, wenn Sie das meinen. Leon ist mein Freund, und vielleicht werden wir eines Tages heiraten und eine Familie gründen…“

Ela war selbst ein bisschen erschrocken, als sie das sagte. Aber ja, sie gehörte zu Leon, und obwohl sie beide bisher noch nie so deutlich über eine gemeinsame Zukunft gesprochen hatten, sah sie doch nun an dem Blick, mit dem er sie ansah, wie glücklich er war.

D-D konnte es immer noch nicht ganz fassen. „Sagtest du Seidler?“, meinte er nachdenklich. „Das war der Mädchenname deiner Mutter.“

Leon nickte. „Ja, ich weiß. Das wird mein neuer Name sein: Leon Seidler. Sobald ich meine neuen Papiere habe, wird es keine Levina Mohnhaupt mehr geben.“

D-D setzte sich und fuhr sich mit dem Handrücken über die Stirn. „Da haben Sie mir aber ganz schön was eingebrockt, Ela. Sie sollten doch das genaue Gegenteil erreichen.“

„Ich wollte nur erreichen, dass Sie endlich die

Wahrheit erfahren, und dass sich Leon nicht mehr verstecken muß.“

Von diesem Tag an gab es keine Levina Mohnhaupt mehr. Es machte Ela Spaß, mit dem neuen Steuerberater zusammenzuarbeiten. Sie waren bald ein so gutes Team, dass selbst Dr. Dr. Mohnhaupt sehr stolz auf seine zukünftigen Nachfolger war.

DoBuehler@t-online.de

Weitere von Doris Bühler erschienene Bücher:

Queenie (2011)

Ramy und Chris (2013)

Irrlichter (2013)

Der Andere (2014)

Wechselspiel (2015)

Das Haus im Nirgendwo (2016)

Im Netz der Lügen (2019)

Dark Moon (2020)

Timeflyer-Trilogie (2021/22):
 I - Goodbye Charly
 II- So long Ronnie
III- Lebwohl Mellie

Das Mädchen und der Gitarrist (2022)

Begegnung in Paris (2012)
(12 Kurzgeschichten)

Alle Bücher erhältlich bei Amazon